LA SEDUCCIÓN DE XANDER STERNE

CAROLE MORTIMER

Editado por Harlequin Ibérica.
Una división de HarperCollins Ibérica, S.A.
Núñez de Balboa, 56
28001 Madrid

I.S.B.N.: 978-84-687-7602-6
Depósito legal: M-40055-2015
Impresión en CPI (Barcelona)
Fecha impresion para Argentina: 5.9.16
Distribuidor exclusivo para España: LOGISTA
Distribuidores para México: CODIPLYRSA y Despacho Flores
Distribuidores para Argentina: Interior, DGP, S.A. Alvarado 2118.
Cap. Fed./Buenos Aires y Gran Buenos Aires, VACCARO HNOS.

Capítulo 1

SÉ QUE te vas de luna de miel dentro de unos días, Darius, pero de verdad que no necesito que me busques una niñera para dos semanas –Xander Sterne fulminó con la mirada a su hermano mellizo.

–No es una niñera, solo alguien que podría ayudarte con cosas que tú aún no puedes hacer, como entrar y salir de la ducha, secarte, vestirte, conducir.

–Tenemos un chófer en la empresa para eso.

–Pero no hay nadie para ayudarte con el resto de las cosas –razonó su hermano–. O que cocine para ti.

–Por favor, hace seis semanas que me rompí la pierna.

–Por tres sitios y han tenido que operarte dos veces para arreglarla. No puedes aguantar de pie más de diez minutos –insistió Darius.

Xander lo miró malhumorado, sabiendo que todo lo que decía su hermano era cierto.

–Esto no tiene nada que ver con lo que pueda o no pueda hacer, ¿verdad?

Por fin suspiró, resignado.

–¿Qué quieres decir?

–Lo que quiero decir es que no tengo deseos de morir. Sí, me puse frente al volante cuando no debería, y sí, terminé chocando contra una farola y destrozando el coche, pero, afortunadamente, nadie más resultó herido. Pero no lo hice a propósito. En ese momento estaba furioso y no podía ver las cosas con claridad. Estaba furioso –repitió, con tono airado.

–Todo el mundo se enfada alguna vez.

–Mi rabia llevaba meses creciendo.

–Lo sé.

Xander parpadeó.

–¿Lo sabes?

Su hermano mellizo asintió con la cabeza.

–Trabajabas a todas horas y nunca estabas en casa. Era como si quisieras evitar algo o a alguien.

–Pues mira de qué me ha servido.

Si Xander hubiese podido pasear, se habría puesto a hacerlo en ese momento.

Seis semanas antes, por primera vez en su vida se había dado cuenta de que tenía un carácter volcánico. No el pausado temperamento de su hermano, sino un pronto fulminante como un volcán que había explotado sin control. Y el resultado fue que había estado a punto de golpear a otro hombre. Golpearlo sin parar.

Cierto que ese hombre había abusado verbalmente de la mujer que había ido con él esa noche a la exclusiva discoteca londinense de los hermanos Sterne. Era una situación que le despertaba recuerdos de la infancia, de cómo su padre había tratado a su madre.

Pero el deseo de golpear a alguien lo había sacudido hasta lo más hondo, hasta el punto de no confiar en sí mismo o en cómo podría responder ante una situación; nunca había querido golpear a nadie en toda su vida antes de esa noche. Ni siquiera al padre que lo pegaba cuando era niño.

Lomax Sterne había muerto veinte años atrás, después de caerse por la escalera de la casa familiar de Londres durante una noche de borrachera. Una muerte que ni su mujer ni sus hijos habían lamentado.

Y seis semanas antes, Xander se había llevado un susto de muerte al descubrir que, a los treinta y tres años, él tenía ese mismo temperamento.

–¿Qué te atormentó tanto, lo sabes? –Darius lo miraba con curiosidad.

Xander hizo una mueca.

–No lo sé. Sí, sí lo sé –su ceño se alisó–. ¿Recuerdas cuando estuvimos en Toronto hace cuatro meses? ¿Recuerdas al director de la empresa Bank's? Fuimos a cenar con él y su mujer.

–Y él la despreció durante toda la noche –recordó Darius con tristeza–. Esa es la razón por la que decidimos no hacer tratos con él. Y la razón para tu rabia contenida durante todos estos meses, me imagino.

–Creo que sí –asintió él.

–Pero lo controlaste, como lo controlaste hace seis semanas –insistió Darius, impaciente–. Olvídalo, todo ha terminado.

Xander desearía poder olvidarlo tan fácilmente.

–De verdad agradezco que te hayas mudado aquí durante estas últimas cuatro semanas, pero no me apetece tener a otra persona, un extraño, viviendo conmigo ahora mismo –le dijo. En realidad, estaba deseando volver a tener el ático para él solo otra vez–. No quiero ser desagradecido, pero es que no me imagino tener que sentarme a la mesa del desayuno todos los días con el sin duda musculoso Sam Smith, a quien quieres contratar para que sea mi niñera y guardián mientras tú estás fuera.

Darius soltó una carcajada.

–Si pensaran que vives con un hombre que no es tu hermano, los vecinos se lo pasarían en grande.

–¿Qué?

Siendo uno de los multimillonarios hermanos Sterne,

la fama de playboy de Xander era algo sobre lo que los medios de comunicación llevaban años especulando. De modo que sí, sin duda se lo pasarían en grande si supieran que estaba compartiendo apartamento con otro hombre.

–Afortunadamente para ti, eso no va a pasar. Samantha Smith es una mujer –le explicó Darius, burlón.

Xander abrió los ojos como platos.

–¿Sam Smith es una mujer?

–Me alegra saber que tu oído no resultó afectado por el accidente –bromeó su mellizo.

Darius se había tomado su tiempo para darle una información tan importante.

–¡No tienes que alegrarte tanto por dejarme completamente a merced de esa mujer durante dos semanas!

–Le pediré que sea delicada contigo –replicó su hermano, guasón.

–Muy gracioso –murmuró Xander, distraído. La idea de tener a una extraña allí con él lo hacía sentirse incómodo–. ¿De qué conoces a esa mujer?

–Es amiga de Miranda. Le cae muy bien, tanto que le ha pedido que trabaje en su estudio de ballet a tiempo parcial cuando volvamos de nuestra luna de miel. Ah, y su hija es alumna suya.

–¡Un momento! –Xander levantó una mano, respirando agitadamente–. No habías mencionado que tuviera una hija. ¿Qué piensa hacer con la niña mientras se aloja aquí?

–La traerá con ella, por supuesto –respondió su hermano con toda tranquilidad.

–¿Te has vuelto loco? –estalló Xander por fin, levantándose con ayuda de las muletas–. Darius, te he contado lo que me pasó en la discoteca hace seis semanas. ¿Te he contado cómo perdí el control y ahora vas a traer a una niña a vivir conmigo? ¿Cuántos años tiene la hija de la señora Smith?

–Cinco, creo.

–¿Y vas a permitir que esa mujer traiga a una niña de cinco años a vivir conmigo? –Xander hizo un esfuerzo para calmarse–. Esto ha sido idea de Andy, ¿verdad? –era una afirmación más que una pregunta–. Le has contado lo que me pasó y...

–No me dijiste que no lo hiciera –lo interrumpió Darius.

–Me da igual que le hayas contado a Andy lo que pasó esa noche –insistió Xander impaciente–. Después de todo, va a ser tu mujer y mi cuñada. Lo que sí me importa es que Andy quiera traer a la señora Smith y a su hija para demostrar que no me he convertido en un monstruo. Un ingenuo intento por su parte de hacer que no tenga tan mala opinión de mí mismo.

–Ten cuidado –le advirtió su hermano.

Pero Xander estaba demasiado enfadado como para hacer caso de esa advertencia.

–La vida no es un cuento de hadas. ¡Y, si lo es, entonces yo soy el monstruo y no el príncipe azul!

Darius miró a su hermano, pensativo.

–¿Sabes una cosa? Como Miranda me dijo una vez, la vida no consiste en lo que tú quieras o dejes de querer –dijo por fin, poniéndose serio–. Aparte de sentirme tranquilo, ¿se te ha ocurrido pensar que Samantha Smith tiene una hija y que podría necesitar el dinero que voy a pagarle por ser tu niñera mientras estoy fuera?

Xander no lo había pensado, desde luego.

Pero ¿y si esa mujer hacía algo que despertase el carácter violento que acababa de descubrir? ¿Y si lo hacía su hija? Darius no encontraría nada de lo que reírse entonces. Y Xander jamás se perdonaría a sí mismo si perdiese la paciencia con una de ellas, porque eso lo convertiría en el monstruo que había sido su padre.

Darius frunció el ceño en un gesto de disgusto.

—Miranda responde por ella y Sam necesita el dinero que voy a pagarle por vivir aquí mientras estamos fuera. Fin de la historia.

Xander no estaba de acuerdo.

Sí, su ático de Londres era lo bastante grande como para acomodar a una docena de personas sin que tuvieran que molestarse unas a otras. Aparte de los seis dormitorios con cuarto de baño había un gimnasio, una sala de cine, dos salones, un estudio con paneles de madera en las paredes, un comedor grande y una cocina aún más grande.

Pero esa no era la cuestión.

La cuestión era que él no quería compartir su espacio con una mujer a la que no conocía y menos con su hija de cinco años.

Pero ¿qué podía hacer? Al menos, debía intentarlo. Darius se había portado mejor de lo que cabría esperar al mudarse al ático para cuidar de él desde que salió del hospital cuatro semanas antes.

¿Era justo dejar que se preocupase mientras estaba en su luna de miel con Miranda?

Desgraciadamente, Xander conocía.

Capítulo 2

El

EL SEÑOR Sterne es una buena persona, mami? –preguntó Daisy en voz baja mientras iban en el asiento trasero de la limusina enviada por Darius Sterne.

¿Era Xander Sterne una buena persona?

Sam solo lo había visto una vez, durante la entrevista que había tenido con los hermanos Sterne dos días antes, mientras Daisy estaba en el colegio.

En consecuencia, la pregunta resultaba difícil de responder. Xander había dejado hablar a su hermano y solo había contribuido a la conversación al final, cuando le soltó una docena de preguntas a toda velocidad sobre el colegio de su hija y el tiempo que Daisy pasaría en el apartamento.

Dejando claro que, aunque estaba dispuesto a tolerar su presencia en la casa durante las siguientes dos semanas, no le hacía la menor gracia.

Una actitud que a Sam tampoco le hacía gracia en absoluto.

Pero no podía elegir.

No siempre había tenido problemas económicos. Su exmarido, Malcolm, no era tan rico como los hermanos Sterne, pero también era un empresario de éxito que poseía una mansión en Londres, una villa en el sur de Francia y otra en el Caribe.

Sam tenía veinte años y Malcolm treinta y cinco cuando se conocieron. Ella era una secretaria y él el propietario de la empresa. Se había enamorado a primera vista del elegante, sofisticado, moreno y rico empresario y, aparentemente, Malcolm había sentido lo mismo por ella, porque dos meses después de conocerse se habían casado.

Sam estaba ilusionada al principio, locamente enamorada de su guapo y rico marido. Sus padres habían muerto años antes y había sido criada en una serie de casas de acogida. Su familia era prácticamente inexistente, solo un par de tías lejanas a las que no veía nunca.

Pero el embarazo había cambiado su matrimonio de manera irrevocable.

Malcolm y ella nunca habían hablado de tener hijos, pero Malcolm no quería hijos que interrumpiesen su vida, como descubrió cuando le contó, emocionada, que estaba embarazada de dos meses.

Entonces estaba convencida de que había sido solo una reacción instintiva a la idea de convertirse en padre por primera vez a los treinta y seis años. Malcolm no podía hablar en serio cuando sugirió que interrumpiese el embarazo.

Estaba equivocada.

Su matrimonio había cambiado de la noche a la mañana. Malcolm se mudó a otro dormitorio porque no aceptaba la transformación de su cuerpo a medida que el embarazo se hacía más evidente. Sin embargo, incluso entonces había esperado ingenuamente que cambiase, convencida de que su matrimonio no podía estar roto después de un año y de que Malcolm se acostumbraría a la idea de la paternidad, o antes o después de que naciese el bebé.

De nuevo, estaba equivocada.

Su marido había seguido en el otro dormitorio, ignorando el embarazo por completo, y ni siquiera había ido a visitarla al hospital cuando Daisy nació. Incluso se había ausentado de la casa cuando volvió del hospital, sola, llevando orgullosamente a Daisy en brazos, y la acomodó en la habitación que había pasado tantas horas decorando.

Sam luchó durante dos años, intentando que su matrimonio funcionase, convencida de que Malcolm no podía seguir ignorando la existencia de su hija para siempre. ¿Cómo podía no querer a su adorable niña?

Pero no había sido así.

Al final de esos dos años de espera se vio obligada a admitir la derrota. Ya no podía amar a Malcolm, no sentía nada por él. ¿Cómo podía un hombre negarse a reconocer a sus propias esposa e hija?

Pero los últimos tres años no habían sido fáciles. Ni emocional ni económicamente.

Sus emociones y cómo se enfrentaba a ellas eran su problema, claro, pero un multimillonario como Xander Sterne no podría entender que había tenido que vivir con lo mínimo y ahorrar dinero quedándose sin comer algunos días solo para poder pagar la clase de ballet de su hija una vez a la semana. Algo sobre lo que Daisy había hablado desde que empezó a caminar y que ella no iba a negarle.

Tras el divorcio, Malcolm se había negado a contribuir a la manutención de la niña y se limitaba a ingresar una mínima cantidad de dinero en su cuenta del banco una vez al mes. Una cuenta a nombre de Samantha Smith y no a su nombre de casada, Samantha Howard.

Había renunciado a su apellido de casada, a la pensión alimenticia que correspondía a Daisy y a los regalos y joyas que su marido le había dado durante el matrimonio a cambio de que Malcolm aceptase darle la custodia de la niña. Un precio que Sam había estado dispuesta a pagar y que volvería a pagar si tuviese que hacerlo.

Xander Sterne, un hombre que poseía y dirigía un imperio económico con su hermano mellizo, no podría entender lo difícil que era encontrar un trabajo para una mujer que tenía una niña pequeña. Y más uno que se ajustase a las horas en las que Daisy estaba en el colegio. Trabajar como camarera por las mañanas había sido una de las opciones desde que la niña empezó las clases en septiembre, pero incluso eso se convertía en una pesadilla cuando llegaban las vacaciones. Y lo hacían invariablemente.

Pero ese último problema iba a ser resuelto en dos semanas, gracias a su nuevo trabajo en el estudio de ballet de Andy. Mientras tanto, esas dos semanas cuidando del señor Sterne le permitirían pagar las facturas del gas y la luz.

Iba a pasar dos semanas en casa de un hombre al que solo había visto una vez y con quien no se sentía cómoda en absoluto. No había sido exactamente grosero con ella, pero tampoco había sido amable.

Entonces, ¿era su nuevo jefe una buena persona?

Sinceramente, no tenía ni idea.

No podía negar que era muy masculino, de anchos hombros, cintura y caderas estrechas y largas piernas. El pelo dorado, desordenado y algo largo, unos ojos castaños, oscuros y penetrantes en un rostro bronceado; nariz larga y recta entre unos pómulos perfectamente esculpidos, unos labios gruesos y sensuales, el de arriba más que el de abajo, sobre un mentón cuadrado y decidido. ¿Indicación de una naturaleza sensual?

Bueno, probablemente no habría podido disfrutar de eso durante las últimas seis semanas, ya que el accidente en el que se rompió la pierna lo había tenido recluido en su apartamento durante todo ese tiempo.

Aunque eso no habría evitado que recibiera visitas femeninas, claro.

Era algo en lo que no había pensado hasta ese momento, pero las conquistas amorosas del multimillonario Xander Sterne habían ocupado los titulares de las revistas durante muchos años.

Y las mujeres con las que salía fotografiado en festivales de cine y otros eventos siempre eran guapísimas, altas, de piernas largas y rezumando sex-appeal.

–¿Mamá? –el tono curioso de Daisy le recordó que aún no había respondido a su pregunta.

Sam se volvió para sonreír a su hija.

–El señor Sterne es un hombre muy agradable, cariño –le dijo, evitando mirar en dirección al chófer por si acaso veía una expresión escéptica en su rostro como confirmación a sus recelos.

Porque «agradable» no era una palabra que pudiese describir a Xander Sterne. Dinámico, arrogante, letalmente atractivo. Pero ¿agradable? No, eso no.

–¿Y tú crees que le caeré bien? –preguntó Daisy, con cierta intranquilidad.

La ansiedad de su hija hizo que apretase los labios. Una ansiedad fruto de los años de desinterés de Malcolm, su padre, y que había dado como resultado que Daisy siempre se sintiera nerviosa con los hombres.

–Por supuesto que le caerás bien, cielo mío –Sam destrozaría a Xander Sterne si decía o hacía algo que hiriese a su vulnerable hija–. Bueno, ¿te has acordado de guardar tu oso de peluche en la maleta?

Cambió deliberadamente de tema porque no había

ninguna razón para preocupar a Daisy cuando ella misma estaba nerviosa por las dos.

Xander no estaba exactamente paseando por los pasillos de su ático, sino más bien arrastrándose poco elegantemente arriba y abajo con sus muletas mientras esperaba impaciente la llegada de Samantha Smith y su hija.

Debía admitir que se quedó un poco sorprendido por su aspecto cuando la conoció el miércoles por la mañana, tanto que no había sido capaz de hablar durante casi toda la entrevista, dejando que lo hiciese Darius.

Para empezar, debió de casarse siendo jovencísima y no parecía lo bastante mayor como para tener una hija de cinco años.

Además, era muy bajita, poco más de metro y medio, y casi tan delgada como su futura cuñada. Aunque, por las ojeras bajo sus llamativos ojos de color amatista y sus pálidas mejillas, parecía como si su delgadez fuese debida más a la falta de alimento que a las horas de ejercicio de las que tanto disfrutaba Miranda.

Esos inusuales ojos de color amatista no eran el único rasgo llamativo del rostro de la señora Smith. También tenía unos pómulos altos con unas cuantas pecas sobre las mejillas hundidas y el puente de la respingona nariz y una boca de labios gruesos y sensuales. El pelo, apartado de la cara y recogido en una coleta alta, era lo bastante largo como para caer en cascada hasta la mitad de la espalda, de un rojo profundo, vívido. ¿Tal vez indicativo de una naturaleza ardiente?

De ser así, no había visto ese fuego durante la entrevista de media hora dos días antes. Al contrario, había respondido en voz baja a las preguntas de Darius y luego a las suyas, bajando las largas y oscuras pestañas. Apenas lo había mirado un momento, pero lo suficiente como para admirar esos inusuales ojos de color amatista.

Tal vez era tímida, o tal vez no le gustaban los playboys multimillonarios, pero estaba dispuesta a soportarlo por el dinero que Darius iba a pagarle. Su hermano había preferido atribuir su silencio al nerviosismo por ser el centro de atención de los dos hermanos Sterne.

Y era posible, debía admitir. Darius solo o Xander solo podían intimidar a cualquiera, pero si además estaban juntos...

Fuera cual fuera la razón para su actitud retraída, Xander solo estaba dispuesto a soportar su compañía el tiempo suficiente para que Darius y Miranda disfrutasen de su luna de miel y ni un día más.

¿Y dónde estaba? Paul había ido a buscarlas una hora antes y ya deberían estar allí. Que no fuese capaz de salir de su casa a la hora acordada no auguraba nada bueno.

Necesitaba hablar con la señora Smith en cuanto llegase y dejar bien claro desde el principio qué iba a tolerar y qué no por parte de su hija. Ya tenía una lista de reglas preparada.

Nada de correr por los pasillos del ático.

Nada de gritar.

Nada de programas de televisión a todo volumen, especialmente por las mañanas.

Nada de entrar en su dormitorio.

Y absolutamente nada de tocar sus obras de arte o sus cosas personales.

De hecho, Xander preferiría no notar la presencia de la niña en el ático. ¿Sería eso posible con una niña de cinco años?

Tendría que serlo. La señora Smith y su hija no eran sus invitadas, sino sus empleadas... al menos la

madre, y esperaba que tanto ella como su hija se por-
tasen debidamente.

–Mira, mamá, ¿habías visto alguna vez una televisión tan grande?

Xander, que apenas había tenido tiempo de regis-
trar la presencia de dos personas cuando se abrieron
las puertas del ascensor privado, intentó apartarse
cuando una niña de pelo rojo empezó a correr como
un torbellino por el pasillo en dirección a la puerta
abierta del cine casero, golpeándolo sin querer en un
codo y haciendo que perdiese una de las muletas.
Xander intentó mantener el equilibrio, pero apenas podía apoyar la pierna en el suelo.

La afligida mirada de Sam siguió el vuelo de su hija
por el pasillo alfombrado con la horrorizada fascina-
ción de alguien que presencia un choque de trenes.

Cerró los ojos cuando Daisy pasó corriendo frente
a un boquiabierto Xander Sterne, y los abrió justo a
tiempo para ver que perdía el equilibrio.

Sí, definitivamente un choque de trenes.

Sam soltó su bolso a toda prisa para correr al lado
de Xander Sterne, justo a tiempo para poner un hombro bajo su brazo y evitar que se cayera al suelo.

O, al menos, ese era el plan.

Desgraciadamente, Xander pesaba el doble que ella
y, cuando perdió el equilibrio del todo, la arrastró con
él. Terminaron los dos en el suelo, uno encima del
otro. La caída, aunque ligeramente amortiguada por la
alfombra, provocó un gruñido de dolor por parte de
Xander, que había caído de espaldas.

¡Aquello no era solo un choque de trenes, era una
catástrofe!

–Bueno, la regla número uno ya ha quedado sin efecto –murmuró Xander entre dientes.

–¿Perdón? –Sam levantó la cabeza para mirarlo.

–¿Por qué estás en el suelo con el señor Sterne, mamá? –preguntó una sorprendida Daisy, volviendo al pasillo.

–¿Se lo dice usted o se lo digo yo?

El torso de Xander Sterne, el ancho y musculoso torso de Xander Sterne bajo la ajustada camiseta negra, se levantó bajo los pechos de Sam al pronunciar esas palabras.

Sam se ruborizó al ver la censura de los ojos castaños que la fulminaban en ese momento. Las esculpidas facciones de su jefe estaban contraídas en un gesto de desagrado.

¿O tal vez era un gesto de dolor más que de censura?

Daisy acababa de tirar al suelo a un hombre que estaba recuperándose de una fractura en la pierna, exactamente la razón por la que estaban en su casa.

–Lo siento –murmuró Sam mientras se apartaba con cuidado para evitar hacerle más daño, preguntándose si debía responder a su hija o ayudarlo a levantarse.

Decidió hacer las dos cosas al notar que su rostro había palidecido en los últimos segundos.

–Nos hemos caído, cielo –respondió distraída mientras se ponía de rodillas para ayudar a Xander–. ¿Quiere que llame a un médico? Tal vez no debería levantarse –le preguntó, preocupada, mientras intentaba hacerlo rodar hacia el lado derecho.

Xander se volvió para lanzar sobre ella una fría mirada. Era su dignidad la que estaba herida más que su pierna. Estar cuatro semanas dependiendo de unas muletas no era precisamente bueno para su ego y, además, debía afrontar la amarga realidad de que una niña de cinco años era capaz de tirarlo al suelo.

Aunque no había sido tan malo, tuvo que reconocer a regañadientes mientras tomaba las muletas para ponerse en pie. La señora Smith era pequeña y más delgada de lo que a él solía gustarle, pero lo poco que había de ella era totalmente femenino. Un hecho al que su cuerpo había respondido mientras estaba encima de él. Le había parecido increíblemente suave y, además, olía a flores.

Después de seis semanas sin sexo era bueno saber que al menos esa parte de él seguía funcionando, aunque el resto estuviera hecho pedazos.

Aunque, tratándose de una mujer a la que pagaba para que lo ayudase, era una respuesta totalmente inapropiada.

–¡No necesito un médico para saber que lo único que está herido es mi ego! –respondió Xander con más dureza de la que pretendía.

Lamentó de inmediato su tono cortante cuando ella se echó hacia atrás como si la hubiera abofeteado.

Pero ¿qué había esperado? ¿Que se riera de la gracia de la niña?

Maldita fuera, su hija y ella acababan de llegar. Ni siquiera había tenido la oportunidad de establecer las reglas para su estancia en el ático.

–Ah, justo a tiempo –murmuró Xander cuando se abrieron las puertas del ascensor por segunda vez y Paul entró llevando varias maletas, evidentemente el equipaje de madre e hija–. Paul me ayudará a levantarme. Si no le importa llevarse a su hija a la cocina y hacer un té...

Sam sabía que era una orden más que una petición, y una forma de librarse de Daisy y de ella.

Era lógico. Ya había sufrido la indignidad de caerse al suelo y no necesitaba el bochorno de tener que ser ayudado por Paul a levantarse delante de ella.

Xander Sterne no daba la impresión de ser un hombre a quien le gustase mostrar sus debilidades. Y eso no prometía nada bueno para las siguientes dos semanas, tuvo que reconocer Sam haciendo una mueca. Cuando ella debería estar ayudándolo, además de cocinar para él.

Sonrió a Paul, agradecida, antes de dejarlo ayudando a Xander mientras Daisy y ella iban en busca de la que resultó ser una preciosa cocina en rojo y negro, con numerosos y carísimos electrodomésticos, todos en brillante acero cromado.

La clase de cocina que le hubiese encantado explorar a placer si no estuviera preguntándose, angustiada, si Daisy y ella estarían allí el tiempo suficiente como para ver algo más que el interior del ascensor para volver a casa.

Sentó a Daisy sobre un taburete y sacó un cartón de zumo de naranja de la enorme nevera americana para servirle un vaso.

–Te había dicho que no debías correr por la casa –la regañó en voz baja mientras ponía agua a calentar, escuchando el murmullo de voces masculinas en el pasillo.

–Lo siento, mamá –la niña hizo un puchero–. Es que la televisión era enorme y quería... lo siento –repitió, contrita.

La expresión de Sam se suavizó de inmediato.

–Creo que le debes una disculpa al señor Sterne, ¿verdad?

–Sí, mamá. ¿Crees que nos dejará quedarnos? –preguntó la niña ansiosamente.

No ayudaba nada que Sam estuviera haciéndose la misma pregunta.

–¿Tú quieres quedarte?

–Sí, sí –respondió Daisy, entusiasmada.

Sam sabía que la razón para el entusiasmo de su hija era la enorme televisión. Desde luego, no podía ser porque le gustase Xander Sterne cuando lo único que había hecho era gruñirles.

Xander estaba a punto de entrar en la cocina, con intención de echarle una bronca a Sam Smith antes de ordenarle que se fuera, cuando escuchó la conversación entre madre e hija.

Y se le encogió inesperadamente el corazón al notar lo apagada que estaba la antes emocionada Daisy.

Porque había reaccionado como un idiota malhumorado. Ante una niña de cinco años.

Maldita fuera, no iba a convertirse en su padre.

¡No iba a hacerlo!

El pequeño tornado pelirrojo no había tenido intención de tirarlo al suelo. Había sido un accidente que rozase su codo al pasar como una flecha.

Pero ¿por qué estaba buscando excusas cuando tenía la excusa perfecta para despedir a la señora Smith? Incluso antes de que tuviera tiempo de deshacer las maletas, que le había pedido a Paul que dejase en el pasillo.

¿Y qué podría pasar si la despedía? Seguía necesitando ayuda y echaría a perder la luna de miel de Darius y Miranda si le pedía que se fuera.

Que Sam contase con el dinero que ganaría trabajando para él durante esas dos semanas también era algo a tener en cuenta.

A pesar de sus reservas, no era tan egoísta como para hacérselo pasar innecesariamente mal a la señora Smith y a su hija.

Capítulo 3

S AM estaba de espaldas a él cuando por fin entró
en la cocina, permitiéndole disfrutar de ese glorioso cabello rojo rizado que caía por su espalda
y del trasero respingón bajo los vaqueros ajustados.

La niña, sentada en un taburete, lo miraba con unos
ojos enormes y ansiosos de color amatista por encima
de un vaso de zumo de naranja.

Era una mirada de ansiedad que recordaba de su
propia infancia.

Una ansiedad de la que él era responsable, como
una vez lo había sido su padre.

Su conocimiento y experiencia con niños era limi-
tado, por decir algo, pero incluso él podía ver que era
una belleza con ese pelo rojo, largo y rizado. Sus facciones eran más redondas que las de su madre, aunque
contenía la promesa de la misma belleza. Era un rostro
de querubín, dominado por unos ojos grandes, con
unas pecas similares sobre las mejillas y el puente de
la diminuta nariz.

La niña se bajó del taburete para mirarlo con expresión seria.

–Siento mucho haberlo tirado al suelo, señor Sterne.

Caray, incluso tenía un enternecedor ceceo, sin
duda provocado por el diente que le faltaba.

–No era mi intención –siguió–, es que nunca había

visto una televisión tan grande –sus ojos se llenaron de lágrimas–. Pero mi mamá me ha *repi... repi...*

–Repetido –intervino Samantha mientras ponía la taza de té y el azucarero sobre la encimera.

–*Repi...* dicho muchas veces –siguió la niña con tono enternecedor– que no corriese por la casa.

Xander se aclaró la garganta.

–Yo lo llamo la mirada del cachorro –le confió Sam en voz baja mientras le acariciaba con ternura el pelo a su hija.

–¿Qué? –Xander tuvo que hacer un esfuerzo para apartar la mirada de la contrita criatura

–Las lágrimas empañando esos grandes ojos, el temblor del labio inferior, la mirada de cachorro que se ha llevado una regañina –le explicó Sam–. Es una mirada que mi hija... en realidad la mayoría de los niños, tienen dominada a la perfección cuando cumplen los tres años.

–Ah.

Como sentirse como un tonto en una lección, pensó Xander. Una niña de cinco años estaba jugando con él, ni más ni menos.

Sam esbozó una sonrisa al notar su confusión.

–Le aseguro que la contrición es sincera y no debería sentirse mal por responder a esa mirada. Normalmente, también le funciona conmigo.

Xander tenía la sensación de estar perdiendo el control de la situación. Si alguna vez lo había tenido.

Pero era hora de que lo recuperase, decidió, mirando fríamente a las dos.

– Paul ha dejado las maletas en el vestíbulo, que por razones obvias tendréis que llevar vosotras mismas a la habitación. Las vuestras son dos habitaciones contiguas al final del pasillo, a la derecha. Mi habitación es la última puerta a la izquierda. Una zona en la que no podéis entrar sin permiso por ninguna razón –le explicó–. Por ninguna razón –repitió luego con tono cortante.

Ella irguió los hombros, seguramente sin darse cuenta de que el movimiento empujaba sus pequeños, pero perfectos pechos hacia delante.

Algo en lo que Xander sí se fijó, a pesar de sí mismo.

–Por supuesto –respondió Samantha–. Vamos, Daisy, el señor Sterne quiere estar solo.

Tomó a su hija de la mano para salir de la cocina, pero Daisy se volvió hacia Xander con una tímida sonrisa. Haciendo que Xander se sintiera como un patán por haberles hablado con tanta dureza.

Pero de inmediato descartó esos sentimientos. Si Daisy Smith había perfeccionado su mirada de cachorro, ciertamente lo había aprendido de su madre.

–¿Quiere algo más, señor Sterne?

Sam mantuvo una expresión deliberadamente insípida mientras esperaba frente a la mesa del comedor, donde acababa de servir el primer plato de la cena: unos espárragos con salsa bearnesa perfectamente cocinados.

Sam llevaba el largo pelo recogido en un moño y los mismos pantalón negro y camisa blanca que había llevado durante la entrevista; era lo más parecido a un uniforme que tenía para las próximas dos semanas.

Además, había llevado con ella todos los ingredientes para las comidas que serviría durante el fin de semana porque, con la boda de Darius y Miranda al día siguiente, no tendría tiempo de ir a comprar hasta el lunes.

Había decidido preparar algo sencillo para esa noche, los espárragos seguidos de un buen entrecot con una patata rellena y zanahorias con mantequilla y, como postre, un pastel de piña con helado. Todo era fácil de hacer, pero tenía buen aspecto y sabía bien. Y no podía negar que esa cocina era un sitio de ensueño para trabajar.

Siempre le había gustado cocinar y era algo que se le daba bien. Y, por eso, había sido una desilusión cuando Malcolm se negó a permitir que cocinase en casa, insistiendo en que tenían un chef para eso. Lo único que Sam hacía en la cocina era aprobar los menús para la semana.

Desgraciadamente, desde el divorcio su exiguo presupuesto era el factor más importante en las comidas que podía preparar para Daisy y para ella.

Por suerte, no habría tales limitaciones en aquella casa. Y Sam dudaba mucho que hubiera comido un plato de comida casera en toda su privilegiada vida.

–¿Qué tenías en mente? –Xander se echó hacia atrás en la silla para mirarla con esos ojos oscuros e insondables.

Se había cambiado de ropa para cenar, pero solo para reemplazar la camiseta negra por una blanca. Claro que estaba en su propia casa y tenía libertad para ponerse lo que quisiera. O no ponerse nada.

Habían pasado un par de horas desde que les pidió que fueran a su habitación y Sam había usado ese tiempo para deshacer las maletas y colocar las cosas en los cajones de las cómodas. También había guardado en la nevera y los armarios los productos que había llevado antes de ponerse a hacer la cena.

Las mejillas de Sam enrojecieron al notar el innegable tono retador, pero era un reto que decidió ignorar. Había estado casada con un hombre cuyo dinero, y el poder que le daba ese dinero, lo habían hecho arrogante y egoísta hasta el punto de atropellar a todo el mundo. Incluida Sam y su romántico sueño de un futuro feliz.

No tenía intención de reconocer que Xander Sterne tenía un excitante punto de «chico malo», con la camiseta ajustada sobre los anchos hombros y la manga corta revelando los bronceados y potentes bíceps. O que había notado que tenía el trasero prieto bajo esos vaqueros negros ajustados.

Lo suficiente como para que solo con mirar a aquel hombre tan masculino le sudasen las manos y sintiera un cosquilleo entre las piernas.

Nada de lo que debería sentir por aquel hombre tan arrogante.

–Antes ha hecho un comentario –empezó a decir con frialdad– sobre que la regla número uno quedaba sin efecto.

–Así es.

–¿Qué quería decir con eso?

–¿Dónde está Daisy? –quiso saber Xander en lugar de responder a su pregunta–. Parece que el apartamento está muy silencioso esta noche.

Sam se puso a la defensiva de inmediato; daba igual lo que pensara aquel hombre, Daisy no era una niña ruidosa o alborotadora. De hecho, todo lo contrario. Daisy era introvertida más que extrovertida, sin duda por culpa de sus primeros años de infancia con un padre que ignoraba su existencia y había impuesto unas reglas muy precisas para que la niña fuese invisible.

Y eso le había provocado a Sam un sentimiento de culpabilidad con el que vivía a diario.

Por haberse agarrado a la frágil esperanza de que su matrimonio algún día volviese a ser como el primer año, cuando Malcolm y ella parecían tan felices juntos. Por esperar y rezar para que Malcolm algún día aprendiese a querer a su preciosa hija.

Había malgastado casi tres años esperando y rezando para que ocurriera todo eso con un hombre al que, se dio cuenta demasiado tarde, no había conocido nunca de verdad y al que en realidad no había amado. Un hombre rico y altanero que había visto a su mujer mucho más joven como un florero, un adorno para llevar del brazo y calentarle la cama por las noches. Un hombre que era demasiado egoísta, demasiado egocéntrico como para querer a la preciosa hija que habían creado juntos.

Xander Sterne era aún más rico y más poderoso que Malcolm y, aunque no quería reconocerlo, mucho más atractivo también. O que poseía un magnetismo sensual al que ella respondía a su pesar.

Aunque no quería saber nada de hombres ricos y poderosos.

Habiéndose visto forzada a vivir respetando tantas reglas una vez, Sam no sabía si podría soportar otras impuestas por Xander Sterne durante el tiempo que Daisy y ella tuviesen que compartir el ático con él.

–¿Samantha?

Ella parpadeó antes de concentrar la mirada en el hombre que estaba estudiándola con sus penetrantes ojos oscuros.

–Sam –lo corrigió automáticamente.

–Prefiero Samantha –dijo él, arrogante, como dando por terminada la discusión.

Y, en realidad, ¿qué importaba cómo la llamase si después de dos semanas no volverían a verse?

–Con lo que se sienta más cómodo –replicó con tono desinteresado–. Y, para responder a su pregunta, Daisy está dormida.

Xander no sabía en qué había estado pensando Samantha en los últimos minutos, pero seguro que no eran pensamientos agradables. Sus ojos tenían una expresión torturada, sus mejillas hundidas estaban más pálidas que nunca en contraste con sus rosados labios.

–Solo son las ocho.

Ella asintió con la cabeza.

–Daisy se va a la cama a las siete los días de diario.

Otra cosa que Xander no sabía sobre los niños.

–Muy bien –murmuró, encogiéndose de hombros–. Entonces, tal vez podamos hablar sobre las reglas después de cenar.

Sam se puso tensa.

–Claro, señor Sterne.

–Xander.

–Yo prefiero un trato más formal.

–¿Prefiere que la llame señora Smith?

–No, porque no soy la señora Smith –respondió ella, haciendo una mueca.

Él la estudió con los ojos entrecerrados.

–Si no recuerdo mal, mi hermano me dijo que estaba divorciada.

–Así es, pero volví a usar mi apellido de soltera después del divorcio.

Xander frunció el ceño.

–¿Y el apellido de Daisy también es Smith?

–Sí –respondió ella, con los labios apretados.

–No lo entiendo.

Poca gente entendería que un padre hubiera pedido que cambiase el apellido de su hija por el apellido de soltera de la madre tras el divorcio. Malcolm ni siquiera había querido que Daisy llevase su apellido.

–Se está enfriando la cena, señor Sterne –Sam señaló el plato, evitando su mirada–. Y yo tengo que atender varias cosas en la cocina –añadió antes de que él pudiese objetar nada–. Pero no me importa tener esa charla después del café.

Xander empezó a comerse los espárragos con el ceño fruncido, mirándola mientras salía del comedor, fijándose en su espalda rígida y la cabeza erguida en un gesto orgulloso.

Al parecer, había dicho algo que la había molestado.

Pero ¿no era un poco raro cambiar el apellido de un hijo después de un divorcio?

Sus padres deberían haberse divorciado porque su matrimonio fue un desastre, pero no lo habían hecho y, cuando Lomax Sterne murió, Catherine y sus dos hijos mantuvieron el apellido Sterne. Su madre solo lo cambió por Latimer cuando se casó con Charles, su padrastro.

Él no sabía mucho sobre el divorcio, pero estaba seguro de que rechazaría que su mujer intentase cambiar el apellido de su hijo una vez separados.

Xander sacudió la cabeza. Estaba tomándose demasiado interés en la vida de una empleada temporal.

–La cena ha sido estupenda, gracias.

Sam aceptó el cumplido con un asentimiento de cabeza mientras dejaba la bandeja del café sobre la mesa del comedor.

–Siéntate –la invitó Xander cuando iba a llevarse el plato de postre.

–Prefiero quedarme de pie, si no le importa –replicó ella, intentando disimular su irritación ante la orden.

–Pero es que me importa.

Sam frunció el ceño, perpleja.

–Sentarme a la mesa con usted no me parece apropiado para mantener una relación profesional.

–Yo creo que lo apropiado o no apropiado de la situación se irá por la ventana en cuanto tengas que ayudarme a meterme en la cama esta noche.

Esa era una de las tareas que había aceptado al asumir el trabajo, pero el recordatorio hizo que le ardiesen las mejillas. Un rubor totalmente ridículo cuando había estado casada durante tres años.

Claro que no había estado casada con Xander Sterne.

Xander Sterne estaba en una categoría totalmente diferente a Malcolm en cuanto a atractivo sexual. A pesar del inconveniente de tener la pierna rota durante seis semanas, que había afectado seriamente a su movilidad, seguía siendo todo músculo y poder apenas contenido.

Pensar que tendría que ayudarlo a meterse en la cama y estar disponible en caso de que la necesitase para meterse en la ducha era suficiente para hacerla sentir un extraño calor por todas partes y tuvo que ponerse las manos a la espalda para que no viera que le estaban temblando.

—Más razones para que mantengamos las formalidades —replicó.

Xander no solía usar el comedor y no había disfrutado cenando solo esa noche. Se sentía incómodo y pensaba decirle a Samantha que en el futuro le sirviera las comidas en la cocina. Pero no pudo dejar de notar su incomodidad cuando mencionó que tendría que ayudarlo a meterse en la cama.

Tampoco él estaba deseando que llegase el momento, pero Samantha había parecido horrorizada ante ese recordatorio y la emoción seguía siendo evidente en sus mejillas y en el temblor de sus manos, aunque intentaba disimular.

Y eso demostraba que no era tan fría y controlada como quería parecer.

–Me está empezando a doler el cuello de levantar la cabeza para mirarte –le espetó, impaciente.

–No soy tan alta como para que le duela el cuello –replicó ella escéptica.

Tenía razón, incluso sentado sus ojos estaban casi al mismo nivel.

–Mira, Samantha, de verdad estoy intentando contenerme para no ordenarte que te sientes.

–¿Por qué?

–Porque está claro que antes te ha molestado.

De nuevo, Xander vio emociones encontradas en sus delicadas facciones: desgana, irritación. Pero, por fin, el sentido común ganó y apartó una silla para sentarse incómodamente en el borde.

–Creo que quería establecer unas reglas para nuestra estancia aquí –empezó a decir, levantando orgullosamente la barbilla.

Ese había sido el tema del que Xander quería hablar, pero de repente se sentía como un idiota por haber mencionado el tema. Había disgustado a Samantha, aunque no sabía por qué.

Desde luego, no estaba de buen humor después de caerse en el pasillo, pero había aceptado la disculpa de Daisy, ¿no?

No había vuelto a oír a la niña en las últimas tres horas. De hecho, todo estaba tan silencioso que nadie diría que había una niña en el ático.

Y eso era lo que él quería, ¿no?

–Supongo que estará de acuerdo en que debe haber ciertas normas mientras vivan aquí.

–Y que tal vez deberíamos haber hablado en detalle antes de que aceptase el puesto –asintió ella, haciendo una mueca.

–Sin duda –replicó él impaciente.

Samantha asintió con la cabeza.

–La primera es no correr por el pasillo, creo.

Xander buscó burla o sarcasmo en sus ojos, pero ella lo miraba sin ninguna emoción. Como si hubiera oído todo eso antes en otro sitio, en otro momento.

–Mis peticiones son solo cuestión de sentido común –añadió, irritado–. Tanto por Daisy y por ti como por mí mismo.

–Ah, ya –Samantha enarcó una ceja rojiza.

–Sí, bueno... yo no estoy acostumbrado a tener niños alrededor, ¿de acuerdo? –Xander se pasó una mano por el pelo–. No me gustaría... no quiero...

¿No quería qué, explotar de ira ante esa tímida niña?

¿Haría eso? ¿Podría hacerlo? ¿Sería el monstruo que había descubierto en su interior, capaz de asustar a una niña de cinco años?

Xander ya no sabía la respuesta a esa pregunta, ese era el problema.

–No correr por los pasillos, ni gritar, ni poner la televisión a todo volumen, especialmente por las mañanas. Como ya he dicho, no entrar en mi dormitorio y, desde luego, no tocar mis obras de arte.

Nada de lo cual se aplicaba a ella, tuvo que reconocer Sam, sino específicamente a su hija.

Ella, desde luego, no era dada a correr por los pasillos, o gritar, o poner la televisión a todo volumen. Y no tenía intención de entrar en el dormitorio de Xander salvo cuando él necesitara ayuda para ducharse o meterse en la cama. Y no había ninguna razón para que quisiera tocar sus carísimas obras de arte. ¿Por qué iba a hacerlo? Tenía un servicio de limpieza que iba dos veces a la semana a pasar la aspiradora, hacer la colada y todo lo demás.

Eran reglas similares a las que había impuesto Malcolm, salvo que él había ido más allá cuando Daisy empezó a caminar, anunciando que no quería verla ni oírla.

Sam se levantó para dirigirse a la cocina.

—Ha quedado perfectamente claro.

—¡Samantha!

Ella se detuvo abruptamente, tragando saliva al darse cuenta de que tenía un nudo en la garganta. De angustia. Por haber llevado a su hija a otra casa en la que sí podía ser vista, pero no oída.

No sabía por qué, pero había esperado más de Xander Sterne.

Antes de conocerlo sabía por las revistas que era un playboy arrogante que había levantado un imperio con su hermano. También sabía, desde que lo conoció el miércoles, que no le gustaba necesitar ayuda mientras su hermano estaba fuera de la ciudad. Lo sabía y estaba preparada para ello.

Pero no sabía si podría soportar tener que controlar el entusiasmo de su hija por la vida solo para hacerlo feliz.

Ya no le interesaba hacer feliz a ningún hombre y esa era la razón por la que no había salido con nadie en los últimos tres años. Había jurado no volver a poner a su hija en una situación como la que había sufrido con Malcolm durante los dos primeros años de su vida.

De nuevo, Sam tuvo que recordarse a sí misma que no podía elegir.

Tal vez no, pero tampoco tenía por qué dejar que otro hombre arrogante dictase sus términos.

Quería ese trabajo, necesitaba el dinero, pero había cosas que no estaba dispuesta a soportar.

Sam se volvió abruptamente, con un rubor furioso en las mejillas, para fulminar a Xander Sterne con la mirada.

–He oído lo que ha dicho, señor Sterne, y haré lo posible para que Daisy no le moleste mientras estemos aquí. Pero nada más –le advirtió con una mirada retadora–. Si no está contento con eso, tal vez debería decirlo ahora. Si es así, nos marcharemos mañana mismo y buscaremos a otra persona para que lo ayude.

Samantha era magnífica cuando estaba enfadada. Su pelo rojo, aunque sujeto bajo una cinta, parecía erizarse, como electrificado. Sus ojos brillaban como puras amatistas y tenía las mejillas arrebatadas.

Y sus pezones se marcaban bajo la camisa blanca que llevaba.

Aunque no era tan tonto como para decirlo en voz alta, porque en su experiencia y al contrario de lo que creían muchos otros hombres, las mujeres no agradecían que se les dijera lo magníficas que estaban cuando se enfadaban. Y era lógico porque sonaba condescendiente.

–Estoy de acuerdo con el presente arreglo –dijo por fin, sabiendo que su cariño por Darius y Andy no le daba opción a discutir. Pero eso no significaba que tuviera que gustarle.

Samantha parpadeó con expresión incierta.

–¿Ah, sí?

–¿Consideras que alguna de mis reglas es poco razonable? Y son peticiones, Samantha, no reglas. Si hay algún problema, dímelo ahora para que podamos discutirlo.

–Yo... en fin –empezó a decir, desconcertada–. Pero Daisy es una niña y...

–No pasará nada –la interrumpió Xander impaciente mientras se levantaba, apoyando las manos en el respaldo de la silla para mantener el equilibrio–. ¿Llevas mucho tiempo divorciada?

El giro de la conversación pilló a Samantha desprevenida.

–Tres años –respondió, sin mirarlo.

–¿Un divorcio desagradable?

–¿Hay algún divorcio que no lo sea?

–No, probablemente no –asintió Xander, aunque no podía evitar sentirse insatisfecho con la respuesta. Una vez más.

Todas las respuestas que le había dado por el momento, sobre su matrimonio o su divorcio, habían sido ambiguas como poco.

Darius había tenido razón al acusarlo de haberse vuelto egocéntrico después del accidente... o después de lo que había precedido al accidente.

Daba igual que él desease que fuera de otro modo, la llegada de Samantha y Daisy a su ático hacía imposible que siguiera siendo distante.

De hecho, desde su llegada había sentido una creciente curiosidad por saberlo todo sobre la mujer que iba a compartir su ático durante dos semanas.

Tanto, aparentemente, como Samantha estaba decidida a no contarle nada.

¿Qué estaba ocultando?

–¿Miranda y tú os conocéis desde hace tiempo? –Xander decidió probar con otra táctica para descubrir lo que quería saber.

Samantha frunció el ceño antes de responder:

–Andy y yo nos conocimos hace seis meses, cuando Daisy empezó a ir a sus clases.

Él asintió con la cabeza.

–Andy me ha hablado muy bien de ti.

No iba a admitir lo protectora que su futura cuñada había sido con Samantha y su hija. Hasta el punto de advertirle que no le tocase un pelo a su amiga.

Entonces le había parecido gracioso. Después de todo, ni siquiera podía mantenerse en pie sin ayuda de sus muletas, de modo que no sería fácil intentar seducirla.

Sin embargo, después de pasar unas horas en compañía de Samantha se encontraba lamentando esa falta de movilidad.

—Es muy amable por su parte. La verdad es que resulta muy fácil llevarse bien con Andy.

Xander asintió.

—Seguro que a Daisy se le da bien el ballet.

La sonrisa de Samantha se volvió más afectuosa.

—Le encanta.

—¿Y pasa mucho tiempo con su padre?

Sam contuvo el aliento al darse cuenta de que Xander había intentado darle una falsa sensación de seguridad para después lanzarse al ataque.

Era lógico que su hermano y él tuviesen tanto éxito en los negocios. La mayoría de la gente sabría, después de una simple reunión, que debía ser cautelosa con el serio Darius, pero no tanto con el supuestamente agradable Xander.

Aunque tal vez estaba siendo injusta, y Xander no tenía ese carácter adusto antes de su accidente de coche.

No, tenía ese carácter, decidió, pero había resuelto ocultarlo bajo un engañoso encanto. Un encanto que no hacía ningún esfuerzo por mantener delante de ella. ¿Y por qué iba a hacerlo? Estaba allí para trabajar, no para ser seducida como lo habrían sido muchas otras mujeres.

—Daisy estará todo el tiempo aquí conmigo. Cuando no esté en el colegio, claro.

—Eso no responde a mi pregunta.

Samantha no apartó la mirada.

–Yo creo que sí.

–¿Tu marido no está en la ciudad?

–Exmarido –lo corrigió ella–. Y no tengo ni idea de si está o no. Ahora, si me perdona –dijo abruptamente mientras tomaba el plato del postre–. Tengo que limpiar la cocina.

–Eso puede esperar.

–Estoy cansada, señor Sterne, y me gustaría relajarme un rato antes de dormir –anunció ella con tono firme.

Xander tuvo que disimular su frustración. Que Samantha evitase responder directamente a sus preguntas sobre su matrimonio y su exmarido aumentaba el misterio en el que estaba convirtiéndose.

Porque había algo muy intrigante en cómo se cerraba cada vez que mencionaba a su ex. Y que no supiera si estaba o no en la ciudad, y si veía a su hija, era decididamente extraño.

¿Cuándo veía ese hombre a su hija?

Y, sobre todo, ¿qué le había hecho ese hombre a Samantha para provocar esas sombras en sus ojos cada vez que se mencionaba el tema?

Capítulo 4

VAS A quedarte toda la noche en la puerta o piensas entrar en la habitación, donde podrías servir de algo? –el tono de Xander Sterne, sentado en la enorme cama con dosel que dominaba la habitación, era de clara impaciencia.

Sam se había quedado helada al verlo, con el corazón latiendo como loco y el pulso acelerado.

Pero no se le estaba cayendo la baba.

Al menos, esperaba que así fuera.

Claro que cualquier mujer podría ser perdonada por encontrarse momentáneamente incapaz de moverse o hablar después de ver a Xander Sterne prácticamente desnudo.

Prácticamente, porque llevaba una pequeña toalla atada a la cintura que solo cubría su... bueno, solo cubría su modestia.

Aunque, en su opinión, no tenía ninguna razón para ser modesto.

Se sentía cautivada por ese cuerpo bronceado, los hombros anchos, el torso cubierto de un suave vello dorado, los abdominales marcados como una tableta de chocolate.

La mirada fascinada de Sam se deslizó hacia abajo, atraída por las largas y musculosas piernas. Se había quitado la sujeción plástica que llevaba durante el día para ducharse, dejando al descubierto la cicatriz de la operación.

Incluso sus pies eran atractivos, largos y elegantes, muy largos y elegantes, tuvo que reconocer, tragando saliva. Había leído en algún sitio que el tamaño de los pies de un hombre estaba en proporción directa con su...

–¡Samantha!

Ella dio un respingo y, cuando levantó la mirada, se encontró con el atractivo, pero evidentemente irritado, rostro de Xander Sterne.

–Lo siento.

Se acercó rápidamente a la cama, sintiendo que le ardían las mejillas de vergüenza. Estaba comportándose como una adolescente.

Claro que Xander no estaría fuera de lugar como héroe de una película de acción con ese cuerpo perfecto.

–Samantha... –el tono de Xander era más que irritado por su evidente distracción.

–No puedo seguir de pie sin ayuda durante mucho tiempo –le recordó.

No, claro que no.

Que Xander Sterne fuese el espécimen masculino más fantástico que hubiese visto nunca, en una pantalla o en la vida real, no era razón para seguir mirándolo como si fuera el protagonista de su fantasía sexual favorita.

–Voy a graduar la temperatura.

Haciendo un esfuerzo para apartar la mirada de toda esa masculinidad se dirigió al baño porque necesitaba unos segundos a solas para ordenar sus pensamientos.

Pero eso no significaba que sus pensamientos no siguieran dando vueltas mientras abría distraídamente el grifo de la ducha, que ocupaba toda una pared del baño, para graduar la temperatura.

Responder de manera tan visceral a la desnudez de su jefe era algo que no se había esperado. Especialmente, porque se trataba de un hombre más rico y poderoso que su exmarido. Ni siquiera había vuelto a mirar a un hombre desde que dejó a Malcolm, y menos aún había reaccionado físicamente ante ninguno, pero sus pechos eran incómodamente pesados y sentía un cosquilleo en los sensibles pezones.

Excitación sexual.

Y por Xander Sterne ni más ni menos.

Y porque nunca había estado tan cerca de un hombre tan apuesto, y tan desnudo, antes de esa noche. Malcolm nunca había tenido ese aspecto tan masculino, tan predador, ni siquiera cuando se conocieron. Su exmarido nunca podría tener el físico de Xander, ni después de un millón de años entrenando en un gimnasio.

Para mantener esos abdominales, sin duda Xander habría estado usando el gimnasio que tenía en el ático.

En cuanto a la parte inferior del tronco...

Esa parte debía de mantenerla haciendo ejercicio en la cama. Aunque tal vez no había mantenido relaciones desde el accidente.

Lo cual le recordaba que ella tenía sus propias reglas, que aún tenía que discutir con él.

—¿Samantha?

Sam contuvo el aliento. Estaba tan perdida en sus pensamientos que no había notado que Xander entraba en el baño tras ella.

Sorprendida, se dio la vuelta a toda velocidad y consiguió hacer lo mismo que Daisy había hecho unas horas antes, golpearlo accidentalmente en el codo con la mano que había levantado en un gesto defensivo.

Desgraciadamente, con el mismo resultado.

–No, otra vez no –apenas tuvo tiempo de murmurar Xander, incrédulo, mientras veía cómo se acercaba el suelo de mármol.

Ah, sí, romperse el cráneo era justo lo que necesitaba para terminar aquel desastroso día.

Pero eso no pasó.

De alguna forma, y Xander no sabía cómo lo había logrado, Samantha consiguió meter el hombro bajo su axila para frenar la caída. Aunque los dos trastabillaron bajo su peso antes de caer sobre el asiento de mármol situado frente a la ducha.

–¿Sabes una cosa? –murmuró Xander cuando por fin pudo sentarse en el escalón–. Empiezo a pensar que Daisy y tú estáis decididas a romperme la otra pierna o algo peor.

Desde luego debía de parecerlo, tuvo que reconocer Sam, sintiéndose culpable. Se apartó, incómoda al darse cuenta de que seguía bajo el brazo de Xander, con la mano sobre el firme abdomen, peligrosamente cerca de la toalla, y la mejilla apoyada en su torso desnudo.

Un torso maravillosamente sólido. Su piel olía a la colonia que debía de haberse puesto esa mañana y su calor era puramente masculino.

Era una combinación deliciosa y excitante.

Y Sam no quería sentirse excitada por aquel hombre. No iba a sentirse atraída por otro hombre que creía que su dinero y su poder le daban derecho a aplastar a todo el mundo.

Se apartó como pudo.

–Me ha asustado apareciendo así por detrás.

–Debería haberme imaginado que al final sería culpa mía –dijo él, exasperado–. Intentaré anunciar mi presencia la próxima vez, ¿de acuerdo?

–Eso sería lo mejor –replicó Sam.

Era totalmente injusto que tuviese ese aspecto tan masculino; el pelo rubio enmarañado y la toalla, que se había deslizado ligeramente durante la caída, revelando sus poderosos muslos. O que no se sintiese incómodo al estar medio desnudo en su presencia.

Pero ¿por qué iba a sentirse incómodo teniendo el cuerpo de un dios griego? O, más exactamente, de un rubio dios vikingo.

No, no iba a seguir pensando esas cosas.

No solo porque dejarse llevar sería un error por su parte, sino porque tenía que pensar en Daisy.

Sam se volvió abruptamente.

–Debería meterse en la ducha. Está empezando a llenarse todo de vapor –murmuró mientras abría la puerta de cristal.

–Creo que eso es lo que estaba intentando hacer –replicó él.

Sam giró la cabeza, con las mejillas ardiendo al oír el ruido de la toalla al caer al suelo.

–Por favor... –empezó a decir Xander impaciente al ver que Samantha no podía ni mirarlo a la cara–. Espérame en el dormitorio si mi desnudez te ofende tanto.

–¡No me ofende! –replicó ella a la defensiva, aunque el color de sus mejillas la delataba.

–¿Ah, no? Pues a mí me parece que sí.

–Entonces, debe de estar mal de la vista –Samantha recogió la toalla antes de salir del baño.

Como si la persiguiera el mismo diablo, notó Xander.

Porque, desde luego, no sería él, que no podría atrapar a un caracol en ese momento y menos a una mujer joven y en forma, decidida a no quedarse a solas con él.

Un hecho que su erección no parecía entender.

–No va a pasar esta noche, me temo –se dijo a sí mismo–. O en muchas noches –añadió con tristeza.

Samantha había dejado perfectamente claro que no estaba disponible.

Habría sido mejor para su tranquilidad mental y su dolorido cuerpo que su cuidadora fuese un hombre musculoso lleno de tatuajes.

Tatuajes...

Menudo pensamiento. Si Samantha tuviese un tatuaje, ¿dónde estaría? ¿Sería una flor, una mariposa quizá? ¿En el hombro? ¿Sobre el pecho? O tal vez más abajo, en la curva de ese redondo trasero.

«No estás ayudando nada, Sterne».

Y, sin embargo, esa imagen, esa fantasía, siguió dando vueltas en su cabeza mientras se lavaba el pelo y se frotaba el cuerpo dolorido.

–Puedes darte la vuelta. Ya estoy decente.

Su definición de «decente» debía de ser muy diferente de la suya, decidió Sam cuando se dio la vuelta y lo encontró en el dormitorio, con otra toalla ligeramente más grande que la anterior sujeta a la cintura. La decisión que había tomado de no mostrar ninguna reacción a su desnudez quedó completamente anulada.

Porque era definitivamente perfecto. Pero ¿decente? En absoluto.

Parecía un dios pagano recién salido del mar, con las gotas de agua rodando por su torso, el pelo mojado, los mechones rubios un poco más oscuros, las largas piernas chorreando sobre la alfombra.

–No puedo inclinarme para secarme bien.

–Debería haberme llamado –murmuró Sam.

–No quería avergonzarte otra vez.

–Yo no...

–Sí, te has avergonzado –la interrumpió él–. Y sigue siendo así –añadió mientras se sentaba al borde de la cama, mirándola con los ojos entrecerrados–. La cuestión es por qué cuando has estado casada y tienes una hija.

–Ya le he dicho que no me avergüenzo –Sam atravesó la habitación antes de inclinarse para secarle las piernas con la toalla, con cuidado en la pierna herida, evitando las cicatrices.

–Mentirosa.

Sam levantó la cabeza.

–Me parece que tiene usted una elevada opinión de su atractivo, señor Sterne.

–No, recientemente no –admitió él.

Le estaba dando el pie perfecto.

–Debería haber mencionado esto antes –empezó a decir Sam mientras le secaba las piernas–. No creo que... preferiría que durante el tiempo que estemos aquí usted no... sé que es una imposición, pero Daisy solo tiene cinco años y no me gustaría...

–¿De verdad crees que alguna mujer estaría interesada en compartir mi cama en este momento? –la interrumpió Xander, sabiendo dónde iba la conversación.

Sam estaba segura de que muchas mujeres querrían compartir cama con un hombre tan devastadoramente guapo y sensual, aunque estuviera en su lecho de muerte.

Había una sensualidad innata en Xander Sterne que, sin duda, seguiría teniendo a los noventa años. Y su estructura ósea era tan fantástica que siempre tendría esas facciones esculpidas que tantas mujeres, incluida ella por desgracia, encontraban tan atractivas.

–¿O que sea capaz de hacerle el amor a una mujer en este momento?

Sam enarcó una ceja.

–Estoy segura de que, si experimentase un poco, encontraría una postura cómoda... –avergonzada de repente, se levantó a toda prisa–. Olvide que he dicho eso.

¿En qué estaba pensando?

En compartir la cama con Xander, en eso era en lo que estaba pensando.

–Estoy intrigado, Samantha –él la miraba con gesto burlón–. ¿Exactamente qué postura tenías en mente? La mujer encima seguramente sería la más cómoda, me imagino.

–Lo que intentaba decir hace un momento es que sé que es una imposición, pero de verdad preferiría que no trajese mujeres al apartamento durante el tiempo que Daisy y yo estemos aquí –murmuró ella, exasperada.

Él arqueó una rubia y elegante ceja.

–¿Y vas a darme algo a cambio?

Sam parpadeó.

–¿Perdón?

Xander apoyó las manos en la espalda, la postura destacaba los músculos de sus hombros y brazos mientras la miraba con expresión retadora.

–¿Qué me ofreces si acepto no traer mujeres al apartamento mientras Daisy y tú estéis aquí?

Sam apretó los labios ante tan descarada exposición de masculinidad, seguida de lo que sonaba como una proposición deshonesta.

–No voy a ofrecer nada a cambio de lo que considero una petición razonable.

–No sé si puedo aceptar esa respuesta.

–Es la única que voy a darle –le aseguró Sam–. Y,

aun a riesgo de recibir otra de sus nada sutiles respuestas, ¿necesita alguna cosa más esta noche?

Xander no podía dejar de sonreír al ver el brillo retador de sus ojos. Fue entonces cuando se dio cuenta de que empezaba a gustarle y no solo sexualmente. Le gustaba su personalidad, su conversación y su sentido del humor.

Posiblemente, por primera vez tratándose de una mujer.

Se había acostumbrado a salir con modelos y actrices, mujeres hermosas y deseables, pero nunca había estado con ellas el tiempo suficiente como para descubrir su personalidad. Porque mientras fueran bellas y lo complaciesen en la cama, nunca había estado interesado en hacerlo. Y no era tan egoísta como sonaba porque lo mismo podía aplicarse a ellas; mientras fueran fotografiadas del brazo de Xander Sterne parecían más que contentas con el acuerdo.

Un poco superficial por su parte tal vez, pero el dinero y el poder que poseía parecía atraer a ese tipo de mujeres.

Samantha era totalmente diferente a las chicas que había conocido hasta ese momento y no solo porque fuese una mujer divorciada con una hija pequeña.

Lo interesaba de una forma diferente. Quería saberlo todo sobre ella, su matrimonio, su marido y su divorcio. Y tal vez lo más importante, qué había hecho y cómo había vivido después del divorcio.

Y nada de eso tenía que ver con que también le gustaría llevarse a Samantha a la cama.

Bueno, tal vez tenía un poco que ver.

Desde luego, no le diría que no, por ejemplo, si se ofreciese a acostarse con él sin antes contarle todas esas cosas. En la postura que quisiera.

Aunque, por la mirada de desagrado que estaba lanzando sobre él en ese momento, no parecía una posibilidad real.

–Estoy bien, gracias –dijo por fin.

Sam no pensaba que aquel hombre fuese «bueno» en absoluto. Imposible, temperamental, sexy, perversamente escandaloso sí, pero desde luego no era bueno.

–Nos veremos por la mañana, señor Sterne.

–Puedes contar con ello –murmuró él mientras la veía cruzar la habitación–. Espera, quería hacerte una pregunta, ¿llevas algún tatuaje?

Sam se quedó inmóvil un momento antes de volverse lentamente hacia él.

–¿Qué?

–¿Llevas algún tatuaje? –repitió Xander como si aquella fuese una conversación totalmente normal.

Pero no lo era.

–¿Qué tiene eso que ver?

–Ajá, eso significa que sí los tienes –murmuró él, satisfecho–. De otro modo habrías dicho que no –explicó al ver que fruncía el ceño en un gesto de perplejidad.

Sam hizo una mueca.

–Tal vez esté demasiado sorprendida por la pregunta como para negarlo inmediatamente.

–Pero sigues sin decir que no –se burló él, con un brillo travieso en los ojos–. Bueno, ¿dónde tendrías ese tatuaje?

Sam podía sentir que le ardía la cara bajo su franca mirada.

–Esta no es una conversación apropiada, señor Sterne.

–Venga, Samantha, llevo seis semanas encerrado en un hospital o aquí, en este apartamento. No serás tan mala como para negarme un poco de entretenimiento.

–La mirada de cachorrito no le queda bien –le aseguró Sam, cortante.

–¡Entonces responde a la pregunta! Lo siento –se disculpó Xander de inmediato, pasándose una mano por el pelo en un gesto de frustración–. No me estás viendo en mi mejor momento.

–¿Ah, no?

–No, es que... ¿qué hay de malo en decirme si tienes un tatuaje?

–Buenas noches, señor Sterne –Sam se dirigió a la puerta.

–¿En el pecho?

Sam siguió caminando.

–¿En el hombro?

¿Por qué de repente la puerta parecía estar tan lejos?

–¿Tal vez en ese delicioso trasero?

A Sam le temblaban ligeramente las manos mientras agarraba el picaporte.

–¿O tal vez en la parte superior del muslo, donde solo un amante podría verlo?

Sam abrió la puerta.

–Ah, ese pensamiento me va a mantener despierto durante toda la noche –murmuró Xander.

–Buenas noches, señor Sterne –repitió ella con firmeza mientras cerraba la puerta, escuchando la suave risa masculina al otro lado.

Aquel hombre era imposible. Peor que imposible.

Y el diminuto tatuaje que tenía en la curva del pecho izquierdo parecía latir tanto en ese momento como el día que se lo hizo, cinco años antes.

–¿Cómo quieres la tostada, Daisy? –Xander estaba en la cocina, mirando a la niña en pijama, con los rizos

rojos despeinados–. Puedo hacerla poco o más dorada
–añadió, con el ceño fruncido.

–Dorada, por favor –respondió ella amablemente.

Xander había sido el primero en despertarse y estaba solo cuando fue a la cocina, pero eso no había du-
rado mucho. Daisy había aparecido unos minutos después, tal vez pensando que era su madre.

Su primera reacción había sido de pánico. No sabía
si podría apañárselas con ella o si debería ir a buscar
a Samantha.

¿Y si Daisy derramaba el zumo y él perdía los nervios? ¿Y si tiraba el plato de cereales o la mermelada
sobre la encimera y hacía aparición su violento temperamento?

La rabia que había sentido esa noche, en la discoteca Midas, había sido aterradora, pero sabía que jamás se perdonaría a sí mismo si fuese violento con
una niña. Como lo había sido su padre.

Después de mirar a Daisy en silencio durante unos
minutos, Xander decidió no ir a buscar a Samantha.
Sería mejor enfrentarse a la situación y ofrecerle a la
niña el desayuno.

Por el momento, todo iba razonablemente bien.
Había intentado sonreír mientras le servía el zumo y
hablarle con tono calmado cuando le ofreció una tostada.

Normalmente, él no desayunaba más que una simple taza de café, pero aquel día iba a tomar una tostada
como excepción porque no sabía cuándo podría comer
otra vez.

La boda de Darius y Miranda era a la una, pero el
banquete no empezaría hasta las cuatro para dar tiempo
a que los fotógrafos hicieran su trabajo en el hotel Midas.

Y, como padrino de Darius, él tenía sus propios deberes.

–Oh, no –Samantha apareció de repente en la cocina, casi tan desaliñada como su hija, con un albornoz atado a la estrecha cintura, el despeinado cabello rojo cayendo sobre los hombros y las piernas desnudas–. Lo siento mucho, debería haberme levantado para hacer el desayuno, no sé qué ha pasado. Me he dormido.

–Tranquila –respondió Xander abruptamente–. Daisy y yo nos entendemos bien, ¿verdad?

Dejó un plato para Daisy sobre la encimera, de nuevo felicitándose a sí mismo por haber soportado los últimos diez minutos sin perder los nervios.

Aunque no podía decir que lamentase la aparición de Samantha.

Sam nunca se había sentido tan desorientada como cuando se despertó en aquella cama extraña. Había tardado unos segundos en recordar dónde estaba y, cuando miró el reloj y vio que ya eran las ocho, mucho más tarde de lo habitual para ella, se levantó de un salto. Después de ponerse el albornoz a toda prisa sobre la ropa interior corrió a la habitación de Daisy, pero encontró la cama vacía.

Lo último que esperaba era encontrarla en la cocina, desayunando con Xander.

Especialmente cuando ella estaba recibiendo un sueldo muy generoso por hacerle el desayuno.

No ayudaba nada que estuviese un poco pálido esa mañana y que su cojera fuese más pronunciada.

Porque no debería estar de pie haciendo el desayuno a su hija cuando a ella le pagaban para eso.

Además, había prometido que Daisy no le molestaría y, sin embargo, allí estaba, la primera mañana, haciéndole el desayuno.

–Lo siento mucho –se disculpó mientras se servía una taza de café.

Aquel día, Xander llevaba una camiseta marrón, tejanos gastados y los pies descalzos.

Esto último, sin duda, porque no podía inclinarse para ponerse los calcetines y los zapatos y ella no había estado allí para ayudarlo.

¿Cómo podía haberse dormido la primera mañana?

Probablemente, porque había estado dando vueltas y vueltas en la cama durante horas, recordando la conversación con Xander. O que estaba desnudo en su cama al otro lado del pasillo.

¿Y cómo sabía que dormía desnudo?

Porque mientras él estaba en la ducha había buscado un pijama en los cajones de la cómoda y no había encontrado ninguno.

Saber eso no la había ayudado a dormir. En consecuencia, había conciliado el sueño casi de madrugada, por eso se había dormido.

Pero estaba más que sorprendida al ver lo relajada que parecía Daisy en compañía de Xander. Normalmente, su hija era muy tímida con los hombres. Y más con un hombre tan imponente como Xander Sterne.

Sin duda, por culpa de la total indiferencia de su padre. Malcolm no era tan grande como Xander, pero así debía de parecérselo a una niña pequeña que sabía que debía salir de una habitación en cuanto Malcolm entraba.

Y, sin embargo, Daisy parecía absolutamente relajada en compañía de Xander.

–Tengo que estar en el apartamento de Darius a las diez y media. Si no te importa llevarme...

–No, claro que no.

–Me ducharé y me vestiré allí –explicó Xander.

–Sí, claro –Sam dejó escapar un suspiro de alivio al ver que, al menos por el momento, se había cansado de tomarle el pelo. Además, no tenía que acompañarlo a la ducha esa mañana.

–Aunque no sé si voy a servir de algo como padrino –dijo él entonces con tono amargo.

–Seguro que Darius agradecerá su apoyo moral –comentó Sam.

Seguía encontrando a Darius Sterne un poco aterrador, pero Andy estaba loca por él y seguro que incluso un hombre tan seguro de sí mismo debía de sentirse nervioso el día de su boda.

–No volveré hasta la noche –siguió Xander–; así que Daisy y tú podéis hacer lo que queráis hasta entonces.

Sam lo miró, sorprendida.

–Pues...

–Mientras estés de vuelta por la noche para ayudarme a ducharme...

–Señor Sterne.

–No será ningún problema...

–¡Xander! –exclamó ella, tuteándolo por primera vez.

–¿Perdón?

–Daisy y yo estamos invitadas a la boda.

«Ah, claro», pensó él entonces.

Si Samantha era tan buena amiga de Miranda como para haberla recomendado, también la habría invitado a la boda...

Capítulo 5

Y A TE marchas?
    Mientras ayudaba a Daisy a ponerse el abrigo,
    Sam se volvió para mirar a Xander. Estaban
en el elegante vestíbulo decorado en dorado y negro
del fabuloso hotel Midas, donde tenía lugar el banquete de boda de Darius y Andy.

–Son casi las nueve y Daisy está cansada –Sam
sonrió al ver que su hija bostezaba.

Había sido una boda preciosa. Andy era una novia
guapísima y Darius, un novio apuesto y distinguido. El
discurso del padrino, Xander, durante el banquete había provocado hilaridad cuando relató, como era la
costumbre, algunas anécdotas bochornosas de su ado-
lescencia. Pero, por suerte, no había mencionado nada
demasiado comprometedor. Los dos hermanos Sterne
habían dado titulares a las revistas durante años con
sus conquistas amorosas.

Después del banquete empezó el baile y Andy y
Darius hacían una pareja fabulosa; uno tan oscuro y
apuesto, la otra tan clara y preciosa. Solo tenían ojos
el uno para el otro mientras se movían elegantemente
por la pista.

La madre de los mellizos y su padrastro se les unie-
ron en el segundo baile. Un momento en el que Xander debería haberse levantado para bailar con una de
las damas de honor, pero, evidentemente, no podía ha-

cerlo. En su lugar, la hermana de Andy, Kim, había bailado con su marido, Colin.

Xander se había quedado sentado, charlando con una de las damas de honor.

Como amiga de la novia, Sam y Daisy estaban sentadas a una mesa al fondo del enorme salón de baile, pero lo bastante cerca como para ver y disfrutar de la fiesta. Incluso le habían pedido que bailara con ellos un par de hombres, invitaciones que había rechazado con la excusa de no dejar sola a Daisy.

Había sido una boda preciosa, pero un día muy largo y a las nueve de la noche era hora de llevarse a su soñolienta hija a la cama.

Sam había pensado que podría despedirse de los novios y marcharse sin que nadie se diera cuenta, pero, evidentemente, se había equivocado.

—Darius me aseguró que pediría un taxi para ti más tarde.

—¿Ah, sí? —Xander enarcó una ceja.

—Por favor, no quiero estropearte la fiesta. Creo que la dama de honor te echará de menos —bromeó Sam.

En realidad, Xander estaba cansado de la dama de honor, una joven que parecía decidida a seguir la tradición de acostarse con el padrino. Una tradición que Xander, en otras circunstancias, habría estado encantado de satisfacer. Pero no esa noche. Aunque la excusa de su pierna rota no parecía evitar que la mujer intentase tener éxito en su misión.

Era muy atractiva, de pelo rubio, claros ojos azules y figura voluptuosa, y, en otra ocasión, Xander no habría dudado en aceptar su oferta.

Pero en lugar de responder a ese flirteo se había encontrado buscando con la mirada a una pelirroja durante la ceremonia en la iglesia y durante el banquete.

Samantha llevaba un vestido rojo ajustado que no debería quedar bien con su pelo, pero por alguna razón les daba un toque cobrizo y un brillo especial a sus mejillas y al nacimiento de sus pechos, visible por el escote del vestido.

Algo en lo que muchos otros hombres se habían fijado durante el banquete. Incluso un par de ellos se habían acercado para invitarla a bailar, pero ella los había rechazado con una sonrisa.

Esos rechazos lo habían hecho sonreír, satisfecho.

Pero le advertían que estaba tomándose demasiado interés por una mujer que estaba contratada temporalmente para cuidar de él y que, además, vivía en su ático.

Una advertencia de la que no había hecho ningún caso al ver que Samantha se despedía de Miranda y Darius.

—No me interesa la dama de honor —dijo abruptamente—. La verdad es que yo también estoy cansado. Si no te importa esperar unos minutos más mientras me despido, estoy deseando volver a casa.

«¿Volver a casa?».

Esa frase la hizo sentirse incómoda. En lo que se refería a Daisy y ella, el ático solo era un alojamiento temporal.

Pero mirando a Xander más de cerca se dio cuenta de que estaba un poco pálido y tenía sombras bajo los ojos. Tenía que apoyarse en el bastón que había insistido en llevar a la boda de su hermano en lugar de las muletas y parecía hacer un esfuerzo para mantenerse en pie.

Apenas había salido de su ático en semanas, pero llevaba todo el día moviéndose de un lado para otro, de modo que era normal que empezase a sentir los efectos de ese día tan largo.

—Sí, claro —asintió—. Te esperaremos aquí.

–Gracias –Xander esbozó una sonrisa mientras se volvía hacia el salón apoyándose pesadamente en el bastón.

–Xander parece cansado, mamá –comentó Daisy.

–El señor Sterne, cariño –la corrigió ella, también un poco preocupada.

La niña frunció el ceño.

–Pero él me ha dicho esta mañana que puedo llamarlo Xander.

Samantha miró a su hija con cara de sorpresa.

–¿Ah, sí?

–Sí –Daisy sonrió, mostrando su adorable mella.

Estaba muy guapa con su vestido de color amatista por la rodilla, que le había comprado especialmente para la ocasión. A Sam no le había importado perderse un par de almuerzos para ver a su hija tan feliz.

–Te cae bien, ¿verdad?

Daisy asintió con la cabeza.

–Es simpático.

Después de pasar las últimas veinticuatro horas con él, esa no era la palabra que ella hubiera elegido para describir a Xander Sterne.

Era imposible, irritante, arrogante. A veces incluso escandaloso. Sam aún no había olvidado la íntima conversación de la noche anterior sobre si tenía o no un tatuaje y dónde podría tenerlo. Un tatuaje que, por suerte, ocultaba el discreto escote del vestido.

Pero ¿«simpático»? Xander era demasiado masculino como para ser descrito con un calificativo tan insípido.

Y, sin embargo, Daisy, que siempre era tímida con los hombres, parecía totalmente relajada con él.

Evidentemente, su hija veía algo en él que Sam no veía.

Con cinco años, Daisy no podía entender lo turbadoramente masculino que era. O reconocer su magnetismo sensual. O que desnudo parecía un dios vikingo...

—¿Estás lista?

¡Y tenía el sigilo de un predador!

Sam estaba tan perdida en sus pensamientos que no había oído el golpeteo del bastón sobre el suelo de mármol.

Irguió la cabeza, decidida.

—Sí, claro. Iré a buscar el coche si no te importa esperar aquí con Daisy —sugirió, apretando los hombros de su hija.

—Buena idea —asintió Xander, mirando a la niña—. Podemos quedarnos solos un momento, ¿verdad?

No le había pasado desapercibida la inquietud de Samantha.

¿Intuiría esa innata ira que él intentaba controlar con mano de hierro?

Había tenido un rato para charlar con Darius esa mañana y su hermano había insistido en asegurarle que la razón de su ira seis semanas antes era perfectamente comprensible, que él habría reaccionado del mismo modo y que Xander solo había respondido como lo hizo por su historia familiar, por haber tenido un padre abusivo. Y que eso no significaba que algún día volviera a sentir esa ira incontrolable.

Pero ¿y si estaba equivocado? ¿Y si Samantha había intuido esa cólera en su interior?

Xander se quedó sorprendido al ver que Daisy le sonreía tímidamente mientras ponía la manita en la suya.

—Me quedaré aquí y cuidaré de Xander por ti, mamá.

Sentir el roce de esa manita confiada lo turbó tanto que tardó un momento en entender lo que la niña había dicho. Y, cuando levantó la mirada, vio a Samantha sonriendo.

Genial. No solo le dolía la maldita pierna, como le había dolido durante todo el día, sino que se había convertido en objeto de compasión de Daisy y de burla para su madre.

Pero le compensaba quedarse allí con la niña, decidió mientras los dos se sentaban en un sofá, porque de ese modo podía admirar el movimiento sexy de las caderas y el trasero de Samantha mientras iba hacia el ascensor.

Medía poco más de metro y medio, pero las largas y bien torneadas piernas encaramadas sobre los zapatos de tacón hacían que se preguntase cómo sería tenerlas alrededor de su cintura...

Pero ¿qué...?

Mientras él estaba sentado allí, imaginándose haciendo el amor con Samantha, otro hombre se había acercado a ella y le apretaba el brazo.

Un gesto, notó con rabia cuando ella se volvió para lanzar una mirada de preocupación hacia Daisy, que la había hecho palidecer.

De inmediato, sintió la oleada de cólera que había esperado no volver a sentir. Y por la misma razón: ver a un hombre extralimitándose con una mujer.

El tipo le apretaba el brazo a Samantha mientras hablaba en tono bajo e intenso.

−¡Quítame las manos de encima, Malcolm! −exclamó Sam, mirando el rostro del hombre con el que había estado casada una vez, pero que no había esperado volver a ver después del divorcio.

Seguía siendo un rostro atractivo, dominado por

unos brillantes ojos azules, el pelo oscuro con distinguidas canas en las sienes, el traje de chaqueta perfectamente cortado destacando la anchura de sus hombros.

Qué extraña coincidencia que Malcolm estuviera precisamente en el hotel Midas esa noche, la misma noche que ella había acudido a un banquete de boda.

A menos que...

¿Sería posible que Malcolm fuera uno de los invitados a la boda?

Durante sus conversaciones con Andy había mencionado su matrimonio y su divorcio, pero nunca le había dicho el nombre de su marido. Sabía que la pareja había invitado a mucha gente, la mayoría padres de alumnos de Andy o empresarios amigos de Darius.

¿Sería posible que Malcolm fuese uno de estos últimos?

Era más que posible, pensó, preguntándose cómo no se le había ocurrido antes que Malcolm y Darius pudieran conocerse. O Malcolm y Xander.

¿Era posible que Xander también conociese a Malcolm?

–Te he preguntado qué haces aquí –insistió él, mientras seguía apretándole el brazo.

Ella lo fulminó con la mirada.

–Y yo te he dicho que no es asunto tuyo lo que haga –Sam miró hacia el sofá de la entrada, donde Xander esperaba con su hija–. ¿No te parece una grosería dejar sola a tu acompañante mientras abusas verbalmente de tu exmujer?

–Me da igual ser grosero o no.

–Pero a mí no me da igual –replicó Sam, que no pensaba dejarse intimidar; al menos visiblemente, por dentro era otra cuestión. Por dentro, Malcolm podía hacerla temblar de miedo y de asco–. Quítame la mano de encima o tendré que llamar a la seguridad del hotel y hacer que te echen.

El rostro de Malcolm se retorció en una mueca.

–Serás...

–Suéltame ahora mismo, Malcolm –repitió ella.

Se preguntaba cómo podía haber estado casada con aquel hombre. Cómo podía haber intentado hacer que su matrimonio funcionase después del nacimiento de Daisy. Cómo podía haber pensado que lo amaba.

Sin duda, Malcolm era un hombre atractivo, pero Sam podía reconocer ese gesto cruel de su boca y ver la frialdad de los calculadores ojos azules que la miraban posesivamente.

–Creo que me gustas así –replicó él, insolente–. Estás preciosa con ese vestido rojo. ¡Incluso mejor sin él si no recuerdo mal!

Sam sintió un escalofrío de repulsión mientras Malcolm la desnudaba con los ojos.

–Afortunadamente, yo no he olvidado nada sobre ti –respondió, desdeñosa–. Especialmente cuánto te detesto.

El rostro de Malcolm se volvió rojo de furia.

–¿Qué has hecho con tu preciosa hija esta noche, mientras estás aquí pasándolo bien?

Sam tuvo que hacer un esfuerzo para no mirar hacia el sofá. Lo último que quería era que Malcolm supiera que Daisy estaba allí. No quería una escena en uno de los hoteles más prestigiosos de la familia Sterne.

Daisy ni siquiera había preguntado por su padre desde el divorcio y Sam dudaba que pudiese reconocerlo. De hecho, esperaba y rezaba para que Daisy no lo reconociese.

–Te lo repito, Malcolm, eso no es asunto tuyo.

–También es mi hija.

–¡Daisy nunca ha sido tu hija! –replicó Sam, con los ojos brillando de encendida rabia. ¿Cómo se atrevía a decir eso después de cómo había tratado a Daisy?–. Quítame las manos de encima o llamaré a seguridad.

Malcolm la soltó mientras la miraba con un brillo de deseo en los ojos.

–¿Qué tal si me despido de mi acompañante y reservamos una habitación para pasar la noche?

Sam intentó disimular un escalofrío de asco. Desearía tanto en ese momento abofetear al hombre con el que se había casado...

–Adiós, Malcolm –se despidió, después de atreverse a mirar hacia el sofá, del que Xander estaba levantándose torpemente mientras los miraba con cara de pocos amigos.

Lo último que quería era que se acercase y descubriera que era su exmarido. Y un exmarido al que podría conocer, además.

Estaba segura de que Xander iba a preguntarle quién era aquel hombre.

Y había detalles que Sam no estaba dispuesta a contarle.

Sobre todo por vergüenza. De cuánto y cómo había luchado para que ese matrimonio funcionase y los sacrificios que había hecho para conseguirlo.

Mirando a Malcolm en ese momento, podía ver el encanto superficial y el atractivo que una vez la había cegado hasta el punto de creerse enamorada de él, tanto como él decía estar enamorado de ella, pero también podía ver su frialdad, su crueldad.

–¿Malcolm?

Una mujer se acercó, mirándolo con cara de sorpresa.

Él se volvió tranquilamente, sonriendo.

–Enseguida voy, Sonya –sus ojos se endurecieron al mirar a Sam–. Esta conversación no ha terminado –le advirtió.

–Sí ha terminado –replicó ella.

Malcolm sonrió, desdeñoso.

–No, Sam, no es así. Estoy seguro de que ahora que has crecido voy a encontrarte mucho más interesante.

–Estamos divorciados –le recordó ella, alarmada.

–¿Y qué? ¿Nunca has oído eso de «tomar la última para el camino»?

Aplicado a una copa, pero no a... no...

–Teníamos un trato –le recordó Sam, temblando–. Daisy y yo estaríamos fuera de tu vida y tú fuera de la nuestra.

Malcolm se encogió de hombros.

–Y estoy dispuesto a que eso siga así, por un precio.

–Ya he pagado un precio, el que tú fijaste.

–Y ahora voy a cobrarme los intereses –los ojos de Malcolm se oscurecieron–. Dale un abrazo a mi hija de mi parte –añadió, con tono amenazador.

–Tú...

–Disfruta del resto de la noche –la provocó Malcolm antes de reunirse con su acompañante para, como había sospechado Sam, volver al salón donde tenía lugar el banquete.

¿Por qué no se había ido antes? ¿Por qué había ido allí en absoluto?

–¿Todo bien, Samantha?

Sam temblaba de tal modo que temía no poder permanecer de pie mucho más tiempo. Y menos ser capaz de encontrar una respuesta a la pregunta de Xander.

¿Estaba bien?

No podría estar peor.

No solo había vuelto a ver a Malcolm cuando era lo último que esperaba, esa noche o ninguna otra noche, sino que él la había amenazado usando su tácito acuerdo con Daisy.

Y el inteligente y astuto Xander había sido testigo de ese encuentro. Aunque no tuviese idea del contenido de la conversación.

En cuanto a Daisy...

Sam miró ansiosamente a su hija, que se había acercado de la mano de Xander. ¿Habría reconocido a Malcolm?

Nada en su expresión indicaba que así fuera. Parecía cansada mientras ella hablaba con Malcolm. Se le cerraban los ojitos y estaba un poco pálida.

Y, en realidad, ¿por qué iba a reconocerlo?

Su hija no había visto a Malcolm desde que tenía dos años.

–¿Quién era, Samantha?

Ella tragó saliva antes de responder:

–Alguien que me ha confundido con otra persona –respondió, encogiéndose de hombros.

Xander frunció el ceño.

–La conversación me ha parecido muy larga para ser solo una confusión de identidad.

Ella apretó los labios en un gesto obstinado.

–Da igual, eso es lo que ha pasado. Pero ya que estáis aquí, podríamos bajar juntos al aparcamiento –sugirió cuando se abrieron las puertas del ascensor.

Xander no tenía la menor duda de que estaba mintiendo.

Su expresión mientras hablaba con aquel hombre no era la de alguien que aseguraba a un extraño no ser quien él creía que era. De hecho, daba la impresión de ser todo lo contrario. Samantha parecía incómoda en un principio, pero su expresión se había vuelto atemorizada. Y Xander había reconocido un brillo posesivo en los ojos del hombre en un momento de la conversación.

¿Por qué se sentía posesivo con Samantha? ¿Tal vez era un examante?

Desde luego, esa sería una explicación más plausible.

Su ira se había encendido al ver a aquel tipo apretándole el brazo a Samantha y seguía queriendo estrangularlo por atreverse a ponerle las manos encima, pero era una ira fría, medida, no acalorada y sin control.

Que ese control durase era algo de lo que no estaba seguro.

–Muy bien –asintió por fin mientras subían al ascensor tras ella.

Dejaría a un lado el asunto. Por el momento.

Pero tenía la intención de pedirle que le contase la verdad sobre el hombre que la había acosado.

Y cuanto antes, mejor.

–¿Daisy está bien? –preguntó Xander cuando Samantha apareció en el salón después de bañar y meter a la niña en la cama.

–Ya se ha dormido –respondió ella.

Se había quitado el vestido rojo y en ese momento llevaba unos tejanos gastados y un fino jersey azul. Tenía los pies descalzos y el pelo de nuevo sujeto en una coleta.

Xander se había quitado la chaqueta y desabrochado los dos primeros botones de la camisa.

–¿Quieres tomar una copa? –le preguntó, señalando un decantador de brandy–. Y antes de que la rechaces tan amablemente como siempre, no es una sugerencia –añadió con tono retador.

Sam sintió que se le encogía el estómago al reconocer su expresión.

–Estoy cansada.

–Solo son las diez.

–Ha sido un día muy largo.

–Un brandy te relajaría antes de irte a la cama.

Tras apoyar el bastón al lado de la chimenea, tomó dos copas que puso sobre la mesa de café antes de dejarse caer en el sofá.

–Ya estoy relajada.

–Mentirosa.

Xander podía sentir la tensión de Samantha y podía verla también en su postura.

–No me hace ninguna gracia que me llames eso.

Los ojos de Xander brillaban, oscuros.

–Y a mí no me gusta que me mientan.

Samantha apretó los labios.

–Entonces, deberías dejar de hacer preguntas que yo, evidentemente, no quiero responder.

Él esbozó una sonrisa.

–Bueno, al menos eso ha sido sincero.

–Siempre soy sincera, pero tú haces preguntas que no son asunto tuyo y luego no aceptas que me niegue a responderlas.

–¿Te importaría sentarte y disfrutar del brandy? –la invitó él, tocando el asiento de al lado.

Samantha entró en la habitación, pero no se sentó a su lado. En cambio, tomó una de las copas de brandy y dio un largo trago... tosiendo cuando el ardiente líquido se deslizó por su garganta.

–¡Vaya! –exclamó con las mejillas encendidas y los ojos empañados–. Qué fuerte.

Xander se rio suavemente.

–Se supone que el brandy se toma a sorbitos, no a tragos como si fuera un vino barato.

–¿Y qué sabes tú de vinos baratos? –Sam se dejó caer sobre un sillón y dobló las rodillas, sujetando la copa de brandy con ambas manos.

–Absolutamente nada –reconoció él, burlón–. Bueno, ¿quién era?

–¿Quién era quién? –preguntó ella, tensa.

Una tensión que intentaba, pero no podía disimular.

–El hombre del hotel. ¿Un antiguo amante? –insistió Xander–. ¿O tal vez tu amante actual, al que has descubierto con otra mujer a tus espaldas?

–¡No seas ridículo!

–¿Qué parte de lo que he dicho es ridículo? ¿El antiguo amante o el amante actual?

–Las dos cosas. Yo no tengo amantes. Estoy demasiado ocupada trabajando y cuidando de Daisy como para eso.

Interesante...

¿Significaba eso que el padre de Daisy había sido el único hombre con el que había compartido cama? ¿El único que había tocado cada centímetro de su cuerpo?

Sabiendo que Samantha llevaba tres años divorciada, eso parecía un poco difícil de creer. ¿Estaba diciendo que no había tenido relaciones sexuales durante los últimos tres años?

Él no podría estar tres meses sin una mujer y mucho menos tres años.

La miró entonces con los ojos entrecerrados.

–¿Cuántos años tienes?

–¿Cómo? –Sam se quedó atónita por la pregunta.

–¿Cuántos años tienes? –insistió él–. Yo diría que es una pregunta muy sencilla.

Sencilla tal vez, pero Sam no entendía qué tenía que ver su edad con la presente y más que personal conversación.

–¿Cuántos años tienes tú? –replicó.

–Treinta y tres –respondió Xander sin dudar.

Parecería mezquina si no hacía lo propio, pensó.

–Tengo veintiséis –dijo por fin.

–Debías de ser muy joven cuando te casaste.

–¿Qué importa la edad cuando estás enamorada?

«O crees estar enamorada».

–No puedo responder a eso, nunca he estado enamorado –Xander se encogió de hombros–. Pero entonces no podías tener más de veintiuno cuando Daisy nació.

–Así es.

–Y solo veintitrés cuando te divorciaste de tu marido.

Sam tragó saliva mientras se preguntaba adónde iba esa conversación.

–Sí.

–¿Estás diciendo que no has tenido relaciones sexuales desde entonces? ¿Ni siquiera con tu exmarido, por los viejos tiempos?

Xander recordaba haber leído algo sobre el porcentaje de parejas separadas que lo hacían.

Samantha palideció, le temblaban las manos mientras sujetaba la copa de brandy.

–No seas desagradable –consiguió decir.

–No me creo la historia que me has contado antes, Samantha. Creo que conocías al hombre con el que hablaste en el hotel, que lo conoces muy bien.

–¿Y tú, lo conocías?

–¿Yo? –Xander frunció el ceño–. No pude ver bien su cara porque estaba de espaldas, pero no lo conocía, creo que no –respondió. Aunque era interesante que Samantha lo hubiese preguntado–. Pero sigo pensando que tú sí lo conoces bien.

Samantha dejó la copa sobre la mesa con tal vehemencia que parte del alcohol salió despedido por el borde.

–¿Cómo hemos llegado a esto? ¿Te parece normal acusarme de haber tenido intimidad con un extraño que me ha tomado por otra persona?

A pesar de los recelos de Xander sobre su propio temperamento y sus dudas sobre su capacidad para controlarlo, Samantha de verdad estaba guapísima cuando se enfadaba.

Todo en ella parecía despertar a la vida; su pelo, sus ojos, el rubor de sus mejillas, los labios ligeramente entreabiertos, los pezones empujando el fino algodón del jersey.

–No lo sé, ¿cómo hemos llegado a esto? Tal vez si dejases de... si me contases la verdad –se corrigió a sí mismo al ver que Samantha parecía a punto de explotar–, no tendría que hacerte la misma pregunta una y otra vez.

–Y la pregunta es quién era el hombre del hotel –dijo ella impaciente.

–Sí.

–Ya te he dicho que no lo sé... –Sam dejó la frase a medias al oír un grito al fondo del pasillo–. ¡Daisy!

Se levantó de un salto y, sin mirar a Xander, salió corriendo en dirección a la habitación de su hija.

Capítulo 6

SAM, que había dejado la puerta de la habitación ligeramente entreabierta y la lámpara de la mesilla encendida, como era su costumbre, entró a toda prisa para correr hacia la cama donde su hija estaba sentada, con los ojos abiertos de par en par y las lágrimas rodando por su rostro enfebrecido mientras seguía gritando.

–Estoy aquí, Daisy –Sam se sentó en la cama para abrazarla–. No pasa nada, cariño, soy mamá. Soy mamá –repetía mientras le acariciaba el pelo a la niña.

Daisy dejó de llorar, pero seguía temblando cuando la miró con expresión incierta.

–¿Mamá?

Ella le ofreció una sonrisa tranquilizadora.

–Has tenido una pesadilla, cariño. Solo ha sido un sueño –intentó calmarla, apretándola contra su pecho.

Los pensamientos daban vueltas y vueltas en su cabeza. ¿Habría reconocido Daisy a Malcolm en el hotel, consciente o inconscientemente? ¿Era esa la razón?

Daisy había tenido pesadillas de pequeña, pero ninguna en los últimos tres años. Desde que dejaron a Malcolm.

–¿Está bien?

Sam se volvió hacia la puerta, desde donde Xander la miraba con expresión ansiosa, preguntándose cómo reaccionaría su hija al ver a un hombre en la habitación en ese momento.

–¡Xander! –Daisy se apartó de los brazos de Sam para saltar de la cama.

Y correr hacia Xander.

Y esa era la respuesta a su pregunta.

Xander tuvo que soltar el bastón, sosteniéndose precariamente durante unos segundos sobre la pierna rota, que amenazaba con doblarse bajo el peso de la niña. Abrió los brazos y, al recibir el impacto, sintió una punzada de dolor desde el muslo a la rodilla.

Miró a Samantha, inseguro, y vio las lágrimas que brillaban en sus ojos, su expresión confusa, perdida, mientras los miraba desde la cama. ¿Habría algo más siniestro en la pesadilla de la niña que un día muy largo y lleno de cosas nuevas?

Unos segundos después, Daisy bostezó y Xander la llevó de vuelta a la cama.

Se quedó dormida enseguida, como si la pesadilla no hubiese tenido lugar ni se hubiera despertado gritando. Con un poco de suerte, no lo recordaría por la mañana. O eso esperaba Xander.

Su madre parecía menos controlada. La expresión de Samantha seguía siendo de terror, tenía el rostro pálido y profundas sombras en esos preciosos ojos.

–Vamos a terminar el brandy –la animó, haciendo una mueca de dolor cuando se inclinó para recoger el bastón del suelo.

–Tal vez debería quedarme aquí un rato, por si acaso –Samantha miró a su hija con gesto preocupado.

–Si te llama, la oiremos desde el salón –Xander le ofreció su mano, aunque el dolor de la pierna era terrible–. Vamos, Samantha –la animó con voz ronca porque necesitaba sentarse cuanto antes.

Sam levantó la mirada, demasiado turbada por la pesadilla de Daisy como para ser capaz de responder.

Era demasiada coincidencia que hubiera ocurrido precisamente después de ver a Malcolm.

Daisy no había dado a entender que hubiese reconocido a su padre, pero tal vez había sido un reconocimiento inconsciente. La mente solía jugar esas malas pasadas y tal vez Daisy había reconocido a Malcolm sin saberlo conscientemente.

—Samantha —insistió Xander.

Ella parpadeó, intentando calmarse.

—Perdona. Ha sido... inesperado —murmuró mientras lo seguía por el pasillo, dejando abierta la puerta del dormitorio por si Daisy volvía a tener otra pesadilla.

—Creo que habrá sido la emoción del día, ¿no? —Xander volvió a llenar las copas de brandy cuando llegaron al salón—. Te sentirás mejor si tomas una copa —la animó—. Pero esta vez despacio.

Preocupada por la pesadilla de su hija, Sam no estaba de humor para discutir.

—Ha sido un día diferente para ella, con muchos estímulos nuevos y emocionantes —respondió.

Xander se sentó en el sofá porque de verdad estaba en peligro de caerse al suelo.

Y no sería nada agradable, ni masculino, caer sobre los pies descalzos de Samantha.

Le dolía la pierna endiabladamente después de tantas horas de pie y que Daisy se hubiera lanzado sobre él como un misil había empeorado la situación.

Pero, aunque físicamente doloroso, que Daisy se hubiera vuelto hacia él en busca de consuelo había sido una sorpresa muy agradable.

Saber que confiaba en él era una sensación fantástica después de tantas semanas de incertidumbre sobre sí mismo.

Y eso lo hacía desear merecer la confianza de la niña.

Y Samantha también parecía necesitar algo de consuelo en ese momento.

–Ven, siéntate a mi lado –dijo con un tono que no admitía réplica–. No me obligues a levantarme, Samantha –añadió, haciendo un gesto de dolor.

Ella lo miró en silencio durante unos segundos, casi como si hubiera olvidado que estaba allí, antes de sentarse a su lado.

Tal vez de verdad había olvidado que estaba allí.

Pero los niños de todas las edades tenían pesadillas. ¿Resultado de su activa imaginación? Xander recordaba haber tenido pesadillas muchas veces. Por supuesto, las suyas eran debidas al canalla de su padre, pero...

Su mirada se clavó de nuevo en Samantha, en su pálido rostro, en las sombras oscuras bajo los ojos de ese inusual color amatista.

–El hombre del hotel –empezó a decir en voz baja– era tu exmarido, ¿verdad?

Era una afirmación más que una pregunta. En realidad, no tenía que preguntar cuando ya sabía por instinto que estaba en lo cierto.

El hombre que la había acosado en el hotel, el que le había apretado el brazo haciendo que palideciese, era su ex marido y el padre de Daisy.

Sam se volvió con intención de negarlo, pero se lo pensó mejor al ver su expresión implacable. En el brillo de sus ojos había una silenciosa advertencia.

Tomó aire antes de responder:

–Sí –dijo en un suspiro–, era mi exmarido –añadió, dejándose caer sobre el respaldo del sofá y cerrando los ojos–. Fue... fue una sorpresa porque hacía casi tres años que no lo veía.

–Hasta esta noche.

–Hasta esta noche –asintió ella.

–Y no parecía una reunión muy agradable.

–No fue el mejor momento del día, no.

–Bueno, claro que no, ese momento fue entrar en la iglesia y ver lo guapo que estaba yo con mi chaqué.

Sam abrió los ojos y giró la cabeza para mirarlo, sin poder disimular una sonrisa.

–Tu modestia es abrumadora –murmuró, mientras volvía a cerrar los ojos de nuevo.

No ayudaba nada que Xander hubiera estado guapísimo con su chaqué. O que el corazón le hubiese dado un vuelco al verlo frente al altar, tan apuesto y dorado como el dios vikingo que parecía.

Los mellizos Sterne ofrecían un gran contraste uno al lado del otro mientras sonaban las notas de la *Marcha nupcial* que anunciaban la llegada de Andy a la iglesia. Darius tan oscuro e irresistible y Xander claro y luminoso.

–¿Entonces no? –bromeó Xander, aliviado al ver que esbozaba una sonrisa.

Tenía unos labios gruesos y deliciosos que había querido besar desde que la vio con ese vestido rojo cuando entró en la iglesia.

Pensó entonces en el hombre del hotel, el exmarido de Samantha. Llevaba un traje de chaqueta caro, pero solo había visto su rostro de perfil. Tenía el pelo oscuro con algunas canas en las sienes. Debía de ser bastante mayor que Samantha.

Pero ¿qué importaba su aspecto o la edad que tuviese cuando Samantha decía que ese hombre llevaba tres años fuera de su vida?

¿Y de la vida de Daisy también?

Xander se volvió en el sofá, con su muslo rozando ligeramente la pierna de Samantha.

-¿Cómo ve Daisy a su padre si tú no lo has visto en tres años?

Sam hizo una mueca.

-No lo ve.

-Pero...

-No quiero hablar de eso esta noche, ¿de acuerdo? -lo interrumpió Samantha, con la evidente intención de levantarse.

-No, no estoy de acuerdo -Xander le puso una mano en el hombro para evitar que se levantara-. Quiero entenderlo, Samantha. Necesito entenderlo.

-¿Por qué?

-¡Porque por alguna razón me importa!

Ella sacudió la cabeza.

-Pero si apenas me conoces.

-Estoy intentando hacerlo.

Samantha lo miró en silencio durante unos segundos antes de sacudir otra vez la cabeza.

-No, no puedo... hacer esto -de nuevo, intentó levantarse.

Inaceptable.

Totalmente inaceptable.

Y no alteraba el deseo que había sentido durante todo el día de tomarla entre sus brazos y besarla. Y seguir besándola hasta que no pudiera pensar en nada más que en él.

¿Era sensato por su parte cuando tendrían que vivir juntos durante las siguientes dos semanas?

¿Después del disgusto que Samantha se había llevado aquel día?

¡Al demonio con la sensatez!

Aunque le gustaría borrar esas profundas sombras de sus ojos, necesitaba besarla más que respirar.

-Dame una oportunidad -murmuró con voz ronca mientras inclinaba la cabeza.

Cuando le rodeó los hombros con un brazo, Sam se dio cuenta de que iba a besarla.

—Xander... —la débil protesta fue interrumpida cuando los labios de Xander se apoderaron de los suyos en un beso suave, exploratorio.

El corazón le dio un vuelco dentro del pecho ante el primer roce y su mano, como por voluntad propia, tocó la mejilla masculina, cubierta de una ligera sombra de barba, mientras él le apretaba la cintura.

Sam no podía resistirse a sus ardientes besos, cada uno más apasionado que el anterior, el deseo recorría su venas mientras se apretaba contra el torso masculino.

Se quedó sin aliento cuando la lengua de Xander penetró en el interior de su boca con la seguridad de un invasor vikingo tomando posesión de su botín.

Él dejó escapar un gemido ronco mientras la empujaba suavemente hacia atrás, hasta que estuvo debajo de él en el sofá, con los cálidos y suaves pechos aplastados bajo su torso, sus piernas enredándose con las de ella y la evidencia de su deseo latiendo entre los dos.

Gimió de placer al sentir los dedos de Samantha en su pelo mientras trazaba la columna de su garganta con los labios y le mordisqueaba el lóbulo de la oreja.

Siguió hacia abajo, explorando los huecos de sus clavículas, la base de su sedosa garganta mientras metía una mano bajo el jersey para encontrar su ardiente piel. Samantha dejó escapar un suspiro cuando acarició uno de sus pechos.

Y él suspiró también al sentir el túrgido pezón empujando la tela del sujetador. Alzó el jersey con los labios, besando su escote antes de desabrochar el sujetador con manos expertas. Levantó la cabeza para poder mirar esos deliciosos pechos desnudos y el tatuaje de un águila volando sobre el izquierdo.

–Lo sabía –Xander inclinó la cabeza para trazar el tatuaje con la punta de la lengua.

Samantha se puso tensa, tirando de su pelo como si quisiera apartarlo de ella.

–Por favor –murmuró–. Tienes que parar.

–¿Por qué?

Xander estaba distraído mirando esos pechos perfectos, con los pezones erguidos. Estaba tan excitado, tan perdido en el placer que era Samantha que no podía parar.

–¡Xander, por favor! –su tono era más urgente–. No puedo... no podemos hacer esto –dejó escapar un sollozo mientras lo empujaba con fuerza.

La neblina de deseo del cerebro de Xander hizo que tardase unos segundos en darse cuenta de lo que estaba pasando.

Cuando consiguió apartar la mirada de sus trémulos pechos vio que estaba pálida, con los hinchados labios entreabiertos y los ojos como dos estanques llenos de angustia.

¿Angustia?

¿Por sus besos y sus caricias?

¿Besos y caricias que parecía haber disfrutado?

Parecía...

¿Podría haberse equivocado? ¿Podría haber deseado tanto besarla y tocarla que había tomado su inicial falta de protesta como un gesto de ánimo?

¿Sería posible que después de un mes sin tener a una mujer entre sus brazos se hubiera equivocado? ¿Se sentía tan frustrado que pensaba que cualquier mujer estaba dispuesta a acostarse con él?

Bueno, esto último no era verdad. La dama de honor había estado más que dispuesta a acostarse con él. ¡Demonios, estaba dispuesta a reservar una habitación en el hotel esa misma noche!

Pero no era la mujer que él quería.

Porque la mujer que tenía entre sus brazos en ese momento era la mujer a la que deseaba. Samantha Smith, madre de Daisy Smith.

Y la exmujer del hombre que tanto la había disgustado en el hotel...

Maldita fuera, por supuesto que se había equivocado.

Samantha no lo había invitado a besarla; sencillamente, necesitaba consuelo después de encontrarse inesperadamente con su exmarido. Y luego su hija se había despertado gritando después de una pesadilla. Una pesadilla que había hecho que Daisy se volviese hacia él en busca de consuelo.

Xander se incorporó, haciendo una mueca de dolor.

–Lo siento –murmuró, pasándose una mano por el espeso pelo rubio.

El mismo pelo que Samantha había acariciado unos minutos antes mientras le devolvía, o él creía que le devolvía, el calor de sus besos. Demonios, tal vez incluso entonces había intentado apartarlo.

Se sentía culpable mientras Samantha volvía a abrocharse el sujetador y se colocaba el jersey antes de echarse hacia delante, con los ojos oscurecidos y tristes y los labios hinchados de sus besos.

–Lo siento –repitió abruptamente–. Eso no ha estado bien.

Sam sabía que era cierto, pero cuánto le habría gustado no tener que parar, haber aceptado lo que Xander le ofrecía; una noche de sexo apasionado sin complicaciones.

Salvo que habría complicaciones porque quería hacer el amor con Xander, no con el exmarido que exigía que volviese a acostarse con él. Pensar en las amenazas de Malcolm era suficiente para provocarle pesadillas.

Pero sus problemas no tenían nada que ver con Xander. La única razón por la que estaba en el ático era para cuidar de él.

Solo era un trabajo.

Un trabajo que no incluía como beneficio acostarse con su jefe.

Pero se sentía tan atraída por él... El deseo que había creído muerto para siempre había vuelto a despertar en ella.

Afortunadamente, Xander había roto el hechizo sensual en el que estaba envuelta, recordándole dónde estaba y con quién.

Pero no era solo eso. Quería conocer la razón de esas sombras que veía algunas veces en sus ojos. Como si tuviera dolorosos recuerdos con los que tenía que luchar a diario. Recuerdos que Sam quería conocer y compartir con él.

Lo cual era absolutamente ridículo.

¿Por qué iba Xander Sterne, multimillonario playboy, a tener dolorosos recuerdos y menos a querer compartirlos con alguien como ella?

Sabía que su padre había muerto cuando Xander era adolescente, y eso debió de ser duro para él, pero aparte de eso había vivido una vida regalada. Era rico, querido por su hermano mellizo y tenía una madre y un padrastro. Y, si la dama de honor era un ejemplo, estaba claro que las mujeres caían rendidas a sus pies.

Entonces, ¿por qué iba a sentir algo más que una atracción pasajera por ella y menos querer compartir sus penas con la mujer a la que había contratado para cuidarlo mientras su hermano estaba en su luna de miel?

No lo haría, era la respuesta.

Aunque tuviesen algo que compartir. Y, evidentemente, no lo tenían.

–Lo siento, Samantha.

–Yo también –murmuró ella.

–¿Qué es lo que sientes?

Un deseo que llegaba hasta lo más hondo de su ser.

Pero reconocer la atracción letal de Xander y hacer algo al respecto eran dos cosas bien diferentes. Ella no había mirado a un hombre con esa intención desde que su matrimonio con Malcolm se rompió. Las amenazas de Malcolm esa noche y su irracional comportamiento deberían enseñarle a no volver a dejarse engañar por una cara bonita o un trato supuestamente encantador.

Esa noche le había devuelto los besos a Xander con ansia. Había dejado que la tocase íntimamente como no había hecho ningún otro hombre salvo su exmarido. Y se había excitado como nunca. Ni siquiera al principio de su matrimonio con Malcolm, el hombre del que se había creído enamorada.

Y eso la aterrorizaba.

No quería sentir nada por Xander Sterne, salvo la lógica preocupación por alguien que necesitaba ayuda para moverse. No quería que le gustase, o desearlo. Desde luego, no quería ser tan tonta como para enamorarse de él.

–Vete a la cama, Samantha –dijo Xander al verla tan pálida–. Me desnudaré yo solo y me ayudarás a ducharme por la mañana –le aseguró, burlón, al ver su expresión interrogante.

–¿Estás seguro? –le preguntó, sin poder disimular su alivio.

–Del todo –respondió él.

Samantha salió de la habitación a toda prisa, alejándose de la tentación.

Capítulo 7

SUBE al coche, Sam!

El lunes hacía una mañana tan agradable que Sam había decidido llevar a Daisy andando al colegio.

A pesar de las amenazas de Malcolm el sábado por la noche, amenazas que no había sido capaz de olvidar durante todo el fin de semana, no estaba preparada cuando salió del colegio y vio a Malcolm tras el volante de su coche negro, la ventanilla del pasajero se hallaba bajada para hablar con ella.

Sam intentó desesperadamente armarse de valor. No se engañaba a sí misma ni por un momento y sabía que aquella iba a ser una reunión tan desagradable como la del sábado.

Los ojos de Malcolm eran como azules esquirlas de hielo mientras repetía con tono cortante:

–Sube al coche, Sam. A menos que prefieras que salga del coche para hablar en plena calle –añadió con tono retador cuando otras madres que salían del colegio los miraban con curiosidad.

Y no era de extrañar porque, durante los últimos ocho meses, Sam siempre había llevado sola a Daisy al colegio.

–¿Qué haces aquí? –le preguntó mientras abría la puerta y se sentaba en el asiento del pasajero, sabiendo que no tenía otra opción si no quería provocar una escena. Y, por Daisy, no quería hacerlo.

Su único gesto desafiante fue cerrar de un portazo. Sabía que eso lo irritaría porque, al contrario que con Daisy y con ella, Malcolm siempre trataba sus coches con sumo cuidado.

Encerrada en el interior del vehículo con él, Sam de inmediato notó el olor de la cara loción para después del afeitado que usaba y que siempre había asociado con él. Hasta el punto de sentir arcadas si se cruzaba con un hombre que usara la misma loción. Como las sentía en ese momento. Tuvo que tragar saliva para contenerse.

El fin de semana ya había sido bastante incómodo sin necesidad de aquello.

Había tenido que lidiar con la horrible amenaza de Malcolm y el temor de ver a Xander el domingo por la mañana, después de la intimidad de la noche anterior.

Pero no debería haberse preocupado por lo segundo porque estaba claro que Xander lamentaba ese error tanto como ella. Apenas habían intercambiado una docena de palabras en todo el día mientras lo ayudaba a entrar en la ducha. Más tarde, él había rechazado amablemente su invitación para ir con ellas a nadar una hora después de comer. Y luego se había encerrado en su estudio para trabajar, donde seguía cuando volvieron de la piscina. No había querido cenar con ellas, asegurando que comería algo más tarde si tenía apetito.

Tal vez lo había hecho cuando Sam ya estaba profundamente dormida.

Lo único positivo del día anterior había sido que Daisy no recordaba la pesadilla y que no se había repetido, por suerte.

Sam miró a Malcolm, aprensiva.

—No sabía que supieras a qué colegio va Daisy.

Él esbozó una sonrisa de satisfacción.

—Puede que te sorprenda lo que he podido descubrir sobre Daisy y tú en las últimas veinticuatro horas.

—¿Has estado espiándome?

La sonrisa desapareció, reemplazada por un gesto helado.

—No sabía que tuviera que hacerlo hasta que te vi en el hotel Midas el sábado.

A Sam se le encogió el corazón al recordar su amenaza en el hotel.

—He contratado a un investigador privado y adivina qué ha descubierto —siguió—. Mi exmujer y mi hija están viviendo ahora mismo con Xander Sterne.

Sam sintió que le ardían las mejillas.

—No es asunto tuyo dónde vivamos.

—¡Pero yo lo estoy haciendo asunto mío! —Malcolm le agarró la muñeca—. Xander Sterne —repitió, sacudiendo la cabeza en un gesto de incredulidad.

—¡Suéltame! —le ordenó Sam cuando clavó los dedos en su piel.

Malcolm apretó los dientes.

—Está claro que te gustan los hombres ricos y poderosos.

—Si quieres decir que los desprecio, así es.

—Que estés viviendo con Xander Sterne parece contradecir eso.

Sam sintió un escalofrío al ver el brillo de furia de sus ojos.

—No tengo una relación romántica con el señor Sterne.

—Mi informador dice que sí la tienes —la contradijo Malcolm—. Y has arrastrado a mi hija a esa sórdida aventura. Creo que son motivos suficientes para poner en cuestión tu capacidad como madre.

–¿Cómo te atreves? –Sam se volvió, furiosa, respirando agitadamente–. ¿Cómo te atreves a decirme eso después...? ¡Eres tú quien se ha negado siempre a aceptar su existencia! ¡Eres tú quien vendió a su hija para no tener que llegar al acuerdo de divorcio que me habría permitido vivir sin estrecheces! ¿Cómo te atreves a acusarme de no ser buena madre cuando tú nunca has sido un padre para Daisy, ni un minuto siquiera?

Él se encogió de hombros.

–Tal vez haya cambiado. A lo mejor me he dado cuenta de que es el momento de conocer mejor a mi hija. Seguro que un juez sería comprensivo si yo...

–¡No! –lo interrumpió Sam–. No te lo permitiré. No voy a permitirte que te acerques siquiera... teníamos un trato –lo acusó–. Nada de dinero para mí a cambio de la custodia de Daisy.

–Y como te dije el sábado, no hay ninguna razón para que eso no siga siendo así –replicó Malcolm–. Una vez que hayas dejado a Sterne y te conviertas en mi amante, por supuesto.

Sam lo miró, horrorizada.

–No... yo jamás haría eso.

–Pero lo harás –insistió él–. Lo harás por Daisy.

Sam vio la crueldad en sus ojos y en el rictus de su boca. No quería que Daisy tuviese nada que ver con aquel hombre cruel y controlador que disfrazaba su oscura naturaleza bajo un encanto superficial. No sabía el daño emocional que podría hacerle a Daisy si obtuviera derechos de visita.

–No lo haré. No te quiero, ni siquiera me caes bien.

–Lo harás porque he decidido que te quiero de vuelta en mi cama –Malcolm volvió a encogerse de hombros.

Sam lo miraba, incrédula.

–¿Por qué haces esto, Malcolm? –le preguntó, intentando contener las lágrimas. No quería darle esa satisfacción, aunque debía de notarlo porque estaba temblando–. ¿Por qué?

–¿Qué tiene eso que ver? –él la miró despreciativo–. Lo importante es que no me gusta la idea de que seas de otro hombre. Me di cuenta cuando te vi la otra noche. Lo que es mío, tiene que seguir siendo mío.

–Yo no soy tuya.

–No lo has sido durante tres años, es verdad –asintió él–. Y no vas a ser de nadie más. Así que te sugiero que salgáis del apartamento de Sterne en cuanto le digas que vuestra pequeña aventura ha terminado. Preferiblemente, antes del fin de semana –anunció Malcolm.

Samantha frunció el ceño.

–No puedo hacer eso.

–Es una pena –dijo él, su tono era engañosamente suave.

Y Sam no se dejó engañar ni por un momento.

–No lo entiendes, yo no vivo con Xander Sterne, estoy trabajando para él. Cuido de él porque tiene una pierna fracturada... sufrió un accidente de coche y necesita ayuda –Sam pensó que no sería buena idea contarle que lo ayudaba a entrar y salir de la ducha–. Le hago la comida y lo ayudo cuando es necesario.

Y, por cierto, era casi la hora de llevar a Xander a la sesión de fisioterapia porque Paul tenía el día libre.

–¿Y esas obligaciones incluyen acostarte con él?

–¡No me acuesto con él! –Sam sintió que le ardía la cara al recordar lo cerca que había estado de hacerlo el sábado por la noche.

Un rubor culpable que hizo que Malcolm la mirase con gesto amenazador.

–No pensarás que me voy a creer que Xander Sterne

tiene a una mujer guapa viviendo bajo su mismo techo, pero aún no se ha acostado con ella.

—Eso es exactamente lo que te estoy diciendo —insistió Sam—. Solo me alojo en su casa durante un par de semanas, hasta que su hermano vuelva de su luna de miel. Tú estuviste en la boda el sábado, así que sabes de qué estoy hablando.

—Si lo que dices es verdad.

—Lo es.

—Da igual. No será difícil encontrar a otra persona que cuide de él mientras su hermano está fuera y tú podrás irte en los próximos días.

No sería difícil en absoluto, por eso Sam estaba tan agradecida de haber conseguido ese trabajo. La familia Sterne podría haber contratado a cualquiera para cuidar de Xander, pero la habían elegido a ella. Andy la había elegido a ella.

—No puedo hacerlo —insistió—. Y no pienso hacerlo.

No podía defraudar a Andy ni olvidar que el dinero que ganase en esas dos semanas pagaría sus facturas.

Malcolm la miró, pensativo.

—Has cambiado, Sam. En otro tiempo no se te habría ocurrido replicarme.

—¡En otro tiempo fui tan tonta como para creer que estaba enamorada de ti!

Sabía que no debería enfadar a Malcolm en esas circunstancias, pero era incapaz de controlarse.

Él hizo una mueca.

—Pero ya no.

—Esa es una de las razones por las que nos divorciamos, ¿o es que no te acuerdas?

—Lo recuerdo muy bien. No me gustan los fracasos y nuestro divorcio entra en esa categoría.

—¿Y de quién fue la culpa? Si me hubieras dicho

que no querías tener hijos no me habría casado contigo –repuso Sam.

Siendo huérfana, siempre había querido tener hijos propios. No solo los quería, anhelaba una familia a la que querer y cuidar, amar y ser amada a cambio. Y en lugar de eso se había encontrado con Malcolm.

Y Daisy...

Daisy compensaba todo el dolor y las desilusiones de esos infelices años de matrimonio con un hombre frío y controlador.

Haría lo que fuera para proteger a su hija.

Lo que fuera.

–Te quiero en mi cama otra vez, Sam, y creo que me conoces lo suficiente como para saber que utilizaré todos los medios a mi alcance para conseguirlo –le informó Malcolm.

Casi como si hubiera podido leerle el pensamiento.

Y tal vez así era. Malcolm sabía que Daisy era su punto débil, su talón de Aquiles. Y de nuevo estaba usando esa debilidad para forzarla a mantener una relación con él. Una relación que la horrorizaba tanto que sintió arcadas.

–No –respondió, sin mirarlo.

Él arqueó una ceja, burlón.

–¿No?

–No –repitió ella con firmeza.

Había pensado en ello durante todo el fin de semana y, por fin, decidió que no iba a dejarse ganar otra vez. No iba a forzarla a convertirse en su amante. No podía hacerlo.

Tenía que haber alguna forma de detener aquel chantaje de una vez. Tenía que haberla.

–¿Y si insistiera?

A Sam le costaba trabajo respirar, pero no iba a ceder al chantaje. Porque sabía que, una vez que empezase, no pararía. Hasta que un día despertase y se encontrase aprisionada, totalmente atrapada.

Se irguió, decidida.

—Puedes insistir todo lo que quieras, Malcolm, pero mi respuesta sigue siendo no.

Él le agarró de nuevo la muñeca.

—Evidentemente, quieres que hablemos a través de los abogados.

—Preferiría... —Sam no terminó la frase. Le escocían los ojos de contener las lágrimas y sabía que tenía que alejarse cuanto antes para no darle esa satisfacción—. No tengo nada más que decirte. Y debo irme —añadió—. Tengo que llevar al señor Sterne al fisioterapeuta.

—Cena esta noche conmigo y seguiremos hablando de ello.

Sam tuvo que disimular un escalofrío de horror.

—No voy a hacerlo. Ni esta noche ni nunca.

—Dame tiempo y harás exactamente lo que yo quiera —replicó él—. Tienes hasta finales de semana —añadió con frialdad—. Después de eso llamaré a mi abogado.

Sam logró zafarse para abrir la puerta del coche y cerró de un portazo antes de correr en dirección al ático de Xander.

Le dolía la muñeca y le temblaban las rodillas. Le temblaba todo el cuerpo porque Malcolm estaba amenazando con quitarle a Daisy.

Una amenaza que, a pesar de su actitud desafiante, la había convertido en una mosca en la tela de araña de Malcolm Howard.

Xander supo que a Samantha le pasaba algo desde el momento en que volvió del colegio esa mañana. Es-

taba pálida, con los ojos enfebrecidos y totalmente
distraída cuando le pidió que esperase un momento
mientras iba a su habitación. Cuando volvió para lle-
varlo al fisioterapeuta, se había puesto una camisa roja
de manga larga y tanto el viaje de ida como el de vuelta
lo hicieron en silencio.

Xander estaba realmente preocupado por ese extraño silencio cuando llegaron al ático. Unos minutos
después, sentado frente a la barra de la cocina, la miraba mientras ella preparaba el almuerzo.

−¿Sigues enfadada conmigo por lo que pasó el sábado por la noche? −le preguntó por fin.

El resultado de lo que pasó el sábado era que llevaba
dos noches sin dormir, incapaz de olvidar a Samantha,
que dormía a unos metros de distancia. Se había preguntado si también ella estaría despierta, pensando en
él.

Aunque lo dudaba.

Se había mostrado muy fría con él desde el domingo, seria incluso cuando lo ayudaba a entrar o salir
de la ducha... ocasiones en las que él había sido incapaz de ocultar la reacción que le provocaba el roce de
sus manos. Pero podría ser un muñeco de goma por el
caso que le había hecho Samantha.

Y eso le molestaba.

Esa actitud indiferente que mostraba hacia él le
molestaba cada vez más.

Muy bien, el sábado por la noche se había equivocado. Casi inmediatamente había entendido que debería haberle ofrecido consuelo con palabras en lugar de
besos.

Se sentía incómodo por tantas razones... Seguía do-
liéndole la pierna por la actividad del sábado, en la
boda, y también le incomodaba haber besado a Sa-

mantha. Pero ninguna mujer lo había tratado con tanta indiferencia como ella.

Tal vez estaba perdiendo atractivo.

Y tal vez Samantha prefería olvidar los besos.

¿No sería eso un golpe para su dolorido ego?

–¿Qué? –Sam se volvió para mirarlo, casi como si hubiera olvidado que estaba allí–. No, en absoluto –murmuró, metiendo la cabeza en la nevera–. Se me había olvidado.

Su repentino rubor dejaba claro que eso no era verdad.

No había olvidado lo que pasó el día anterior y se había mostrado nerviosa durante el desayuno, tanto que Xander había decidido que lo mejor sería evitarse el uno al otro durante el resto del día, especialmente delante de Daisy.

Pero ¿en ese momento? Sí, podía creer que Samantha había olvidado por completo que se habían besado el sábado por la noche.

La cuestión era qué había pasado desde entonces para que estuviese tan distraída.

–¿Quieres jamón o queso en el sándwich?

–Las dos cosas –respondió él–. ¿Samantha?

–En ese caso, el almuerzo está listo –anunció ella a toda prisa.

–¿Tú no vas a comer? –preguntó Xander al ver que solo había puesto un plato.

–No tengo hambre.

–Solo has tomado un café en el desayuno.

–¿Ahora tú también me espías? –Samantha lo fulminó con la mirada–. Porque, si es así, te aconsejo que pares ahora mismo –añadió, temblando de ira.

–Pero bueno...

Xander alargó los brazos para tomarla por la cintura

cuando iba a darse la vuelta para salir de la cocina. Le dolía la pierna, pero pasó por alto el dolor para mirarla a los ojos, que le brillaban de rabia. Y su boca... su boca.

Le costaba trabajo respirar mientras miraba ese tentador arco, el labio inferior más grueso que el superior. Esos eran los labios que lo perseguían en sueños. Y en aquel momento eran tan deliciosos, rojos y gruesos como cerezas maduras, sin duda a causa del enfado.

–¿Por qué estás tan enfadada? ¿Y qué has querido decir con eso de que «yo también te espío»? –le preguntó, mirándola con suspicacia–. ¿Quién ha estado espiándote, Samantha?

El enfado de Sam desapareció de inmediato al darse cuenta de su error. Xander era demasiado astuto como para no haberse percatado del comentario. Si sumaba dos y dos encontraría la respuesta. Si no en ese momento, más tarde.

Xander no había reconocido a Malcolm el sábado en el hotel y, en realidad, no quería que supiera que una vez estuvo casada con un hombre como Malcolm Howard. Y menos que él estaba amenazándola en ese momento.

Temblaba cada vez que pensaba en su conversación con él, y lo había hecho a menudo en las últimas horas. Pero no podía permitir que Malcolm exigiera derechos de visita.

¿Y qué significaba eso?

¿Que aceptaría cenar con él esa noche?

Sam no quería ni pensarlo.

Pero conocía a Malcolm demasiado bien y sabía lo falsamente encantador que podía ser y lo fácil que le sería hacer creer a un juez que se sentía contrito por su actitud hacia su hija y quería convertirse en un buen padre para ella.

Daisy se quedaría totalmente sorprendida por la repentina aparición de un padre al que no conocía. Se sentiría dolida y desconcertada, asustada incluso. Y Sam estaría loca de angustia cuando Malcolm se la llevase. Sencillamente, no iba a permitir que pasara eso.

Miró a Xander entonces.

—¿Te importaría soltarme?

Él se quedó desconcertado por su expresión de dolida resolución. Como si hubiera tomado una decisión que no le gustaba. Una decisión que odiaba, a juzgar por su palidez.

—Responde a mi pregunta, Samantha.

—Suéltame ahora mismo —insistió ella, apartándose de sus brazos.

Xander tuvo que agarrarse a la encimera para no perder el equilibrio mientras alargaba la otra mano para sujetarla por la muñeca.

Un grito de dolor era lo último que se había esperado.

—¿Qué ocurre? —preguntó, frunciendo el ceño al ver que llevaba una venda en la muñeca, oculta bajo la manga de la camisa—. ¿Qué te ha pasado? ¿Te has cortado? Dime qué ha pasado, Samantha.

—¿O qué? ¿Me obligarás a contártelo? —replicó ella, desdeñosa—. ¿Te negarás a soltarme hasta que lo haga?

Todo eso, pensó Xander, porque no iba a dejar que se fuera hasta que supiera qué le había pasado.

Salvo que...

Xander podía ser culpable de muchos pecados, podía vivir con miedo a que su temperamento lo obligase a hacer cosas peores, pero abusar de una mujer jamás sería una de ellas.

No soltó el brazo de Samantha mientras pensaba en esa mañana. Había estado muy callada mientras hacía el desayuno, pero cuando volvió después de dejar a Daisy en el colegio parecía... preocupada. Fue entonces cuando se puso la camisa roja de manga larga.

Xander levantó la manga y se quedó sorprendido al ver una venda elástica en su muñeca.

Samantha intentó soltar su mano.

—¡No!

—¿Quién te ha hecho esto? —Xander sintió una oleada de rabia al ver las marcas de dedos en la delicada muñeca. Dedos de hombre, sin la menor duda—. ¿Quién te ha hecho esto?

Los ojos de Sam se llenaron de lágrimas y tuvo que parpadear varias veces para evitar que rodasen por su rostro.

—Es que...

—No inventes excusas —la interrumpió él, con tono helado.

Samantha tragó saliva convulsivamente. ¿Estaba asustada? ¿Él la había asustado?

Maldita fuera, él también estaba asustado.

Eso era de lo que estaba huyendo en las últimas semanas, la razón por la que evitaba a la gente, la razón por la que se había distanciado de su familia y no se había acostado con ninguna mujer. La misma razón por la que estaba en contra de que Samantha y Daisy vivieran allí.

Xander soltó a Samantha abruptamente antes de dar un paso atrás.

—¿Quién te ha hecho daño, Samantha? Ha sido él, ¿verdad? Tu exmarido. Lo has visto esta mañana, cuando llevaste a Daisy al colegio. ¿Habías quedado con él?

–No, claro que no –Sam negó la acusación, sintiendo un escalofrío de horror ante la mera sugerencia.

Claro que eso era lo que estaba pensando hacer en ese momento, ¿no? Acceder a las demandas de Malcolm para que Daisy no sufriera.

Se dejó caer sobre un taburete antes de que le fallasen las rodillas.

–¿Samantha?

–Dame un momento –murmuró ella, intentando llevar oxígeno a sus pulmones.

–¿Sigues enamorada de él?

Sam lo miró, incrédula.

–No, por favor, en absoluto.

Xander hizo una mueca al notar la vehemencia de su tono.

–Entonces, ¿por qué...? –hizo una pausa para respirar–. Te disgustó verlo el sábado en el hotel y esta mañana te ha hecho daño. Hace un momento estabas a punto de llorar –Xander la estudió atentamente–. ¿Qué poder tiene sobre ti para que no puedas mandarlo a...? Daisy –dijo entonces–. El canalla te ha amenazado de algún modo utilizando a Daisy.

La oleada de rabia se volvió incontenible al pensar que el exmarido de Samantha se hubiese atrevido a amenazar la felicidad de Daisy.

Ya era intolerable que ese hombre le hubiera hecho daño, pero pensar que la había amenazado de algún modo era totalmente inaceptable. No iba a permitirlo.

Xander tomó una decisión en ese mismo instante.

–Samantha.

–¿Sí? –ella levantó la cabeza para mirarlo, insegura.

–Samantha, yo...

Xander tomó aire, sabiendo que estaba a punto de dar un enorme salto de fe, pero también que no tenía más remedio que hacerlo si quería convencerla para que confiase en él.

Nunca había hablado del maltrato de su infancia con nadie, pero, si quería que Samantha le contase la verdad, tendría que hacerlo. Tenía que confiar en ella si quería su confianza.

Y quería eso. Quería más que nada que Samantha confiase en él.

–Samantha, hasta los doce años yo viví con un padre que disfrutaba pegándome.

Ella parpadeó varias veces, como si le costase entender lo que estaba diciendo. Y, sin duda, así era. Su triste infancia no se correspondía con la del encantador multimillonario playboy, la imagen que daban los medios de comunicación.

Una imagen que ocultaba en realidad a una persona vulnerable.

Una vulnerabilidad que Xander estaba dispuesto a compartir con Samantha.

–¿A Darius también? –preguntó ella por fin.

–No, solo a mí.

–¿Qué pasó cuando tenías doce años?

–Que mi padre murió.

Malcolm había sido deliberadamente cruel, pero jamás había sido violento ni con Daisy ni con ella. Hasta aquel día, tuvo que recordarse a sí misma. Aquel día Malcolm no había tenido el menor reparo en hacerle daño. De hecho, le había parecido que disfrutaba haciéndoselo.

Sam tragó saliva.

–¿Cómo?

–Poco después de enviarme al hospital con un brazo roto y una conmoción cerebral, mi padre se cayó por la escalera de casa, borracho como una cuba, y se rompió el cuello.

–No recuerdo haber leído nada de eso en los periódicos.

–No salió publicado –le confirmó Xander–. Nadie aparte de mi madre y Darius sabe nada sobre lo que pasaba en casa.

Sam se quedó horrorizada al pensar en la infancia de aquel hombre.

–Xander...

–No te lo había contado antes para que tu compasivo corazón no se apiadase de mí.

–No es eso.

Sabía que era un hombre orgulloso y no querría compasión de nadie. Que estuviera tan seguro de sí mismo, que fuera tan cariñoso con Daisy y la empatía que había mostrado hacia ella eran pruebas de que había superado su traumática infancia.

–¿Ni siquiera un poco?

–Bueno, claro que un poco.

De hecho, le gustaría que el padre de Xander siguiera vivo para decirle lo que pensaba de él.

¿Una forma de matar el dragón de Xander porque no podía matar al suyo?

–No tendría corazón si no me afectase lo que acabas de contarme –le aseguró.

Si era sincero consigo mismo, Xander se sentía un poco incómodo después de habérselo contado. Él nunca hablaba de su vida privada con nadie que no fuera su familia. Nunca. Y, sin embargo, acababa de hacerlo con Samantha.

Claro que había sido para animarla a confiarle lo

de su exmarido. Pero, aun así, era algo que jamás se había imaginado compartiendo con una mujer.

Y sin embargo...

Se lo había confiado a Samantha para hacerle saber que también ella podía confiarle sus secretos. Pero jamás se imaginó que al hacerlo se sentiría... liberado. Como si se hubiera quitado un gran peso de los hombros.

Y del corazón.

Capítulo 8

XANDER esbozó una triste sonrisa.

—Tal vez me verías de otro modo si te contase que durante los últimos meses he estado luchando contra la idea de que soy como él.

—Eso es absolutamente ridículo —se apresuró a decir Samantha.

Xander hizo un gesto de sorpresa.

—¿Por qué dices eso?

—No nos conocemos desde hace mucho tiempo, pero sé que no serías capaz de hacerle daño a una mujer y menos a un niño. No querías que Daisy estuviese aquí y, sin embargo, has sido muy amable tanto con ella como conmigo. Y Daisy te adora —le dijo, dando un paso adelante para poner la mano sobre su torso—. Aquí hay un buen corazón, Xander. Un corazón generoso, que quiere proteger y no destruir.

Xander miró su mano, intentando disimular lo que le hacía el cálido roce.

—¿De verdad lo crees? —murmuró por fin.

—Lo sé —afirmó Sam.

Solo unos días después de conocerlo había sabido que el miedo inicial a que fuese tan egoísta y controlador como Malcolm era infundado. Incluso siendo más rico y poderoso que su exmarido. Xander era arrogante y gruñón, aunque esto último no era de extrañar en su presente situación por el constante dolor que sufría.

Pero tenía un corazón generoso. Su cariño y consideración hacia Daisy esos últimos días lo habían demostrado. Como su preocupación por ella. Sam no tenía la menor duda de que era un hombre decidido a proteger, incapaz de hacerle daño a una mujer o a una niña.

–Puede que llevemos los genes de nuestros padres –empezó a decir en voz baja–. Tú tienes los de tu padre, como Daisy, pero aún no he visto a Malcolm en mi hija. O al padre al que tú has descrito antes en ti –se quedó callada un momento–. ¿Tuviste el accidente de coche hace seis semanas?

–¿Perdona? –Xander frunció el ceño, sorprendido por el cambio de tema.

–Has dicho que llevabas unos meses preguntándote si eras igual que tu padre –le recordó Sam, dando un paso atrás–. ¿El accidente tuvo algo que ver con eso?

Él esbozó una triste sonrisa. Era muy perceptiva.

–Antes de esa noche algo había estado creciendo dentro de mí, pero esa noche vi a un hombre en la discoteca Midas abusando verbalmente de la mujer con la que iba y sentí ganas de machacarlo –tuvo que reconocer.

–Una reacción razonable. Yo habría sentido lo mismo –le aseguró Samantha–. ¿Lo hiciste?

–No –respondió Xander–. Quería hacerlo, pero conseguí controlarme y pasarles el problema a los de seguridad.

–¿Y haber podido controlarte no deja claro que no eres como tu padre? –Samantha intentó animarlo con una sonrisa–. ¿Que nunca podrías serlo?

Él siguió mirándola durante unos segundos antes de tomar aire.

–Gracias por decir eso. Te lo agradezco de verdad.

Agradecía la confianza de Samantha. Agradecía que creyese en él más de lo que podría imaginarse cuando parecía tan decidida a apartarse de él, al menos físicamente. Por el momento, se consolaría con su apoyo moral.

—Quiero ayudarte, si puedo —la animó con voz ronca—. Ahora no estás sola, tienes amigos poderosos. Andy y Darius, y ahora yo.

¿Era Xander su amigo?

Sí, había mostrado cariño por Daisy en los últimos días, pero las cosas habían estado tan tensas entre ellos desde el sábado por la noche... tanto que Sam estaba convencida de que debía de estar contando los días que faltaban para que se fueran del apartamento.

Las confidencias que habían compartido sobre su infancia no los convertían en amigos, pero desde luego habían roto las barreras que controlaban sus emociones desde el sábado por la noche.

—¿Qué te dijo tu exmarido esta mañana? —le preguntó Xander.

Ella tomó aire.

—Bueno, para empezar, parece que no le gusta que Daisy y yo estemos viviendo temporalmente en tu casa.

—Peor para él —Xander frunció el ceño—. ¿Qué más?

—Quería que cenase con él esta noche.

—¿Y vas a aceptar la invitación?

—No, la he rechazado —Sam intentó sonreír, aunque le salió una mueca—. Aunque en realidad no era una invitación, sino una amenaza.

—¿Qué quiere además de cenar juntos? —preguntó él.

Como si no lo supiera. Como si no supiera lo que quería ese hombre.

Samantha era una mujer increíblemente bella, una

mujer con un corazón tierno y cariñoso. Ese hombre tenía que ser un imbécil integral para haberla dejado escapar.

–Quiere que sea su amante –le confirmó Samantha, sin poder mirarlo a los ojos.

Xander respiró profundamente y siguió haciéndolo hasta que fue capaz de volver a hablar:

–¿Y cómo piensa vengarse si no aceptas?

Sam palideció.

–Dijo que pediría derechos de visita, pero yo no voy a permitir que ocurra eso –respondió, con voz ahogada–. Malcolm nunca ha querido saber nada de Daisy. Ignoró su existencia desde antes de que naciera e impuso ridículas reglas sobre su comportamiento cuando vivíamos juntos. Y no ha tenido el menor interés en verla desde que nos divorciamos.

Xander apretó los dientes al pensar en un hombre, un padre, que ignoraba de ese modo a su hija.

Aunque eso explicaba por qué Daisy nunca visitaba a su padre y por qué Samantha no quería que lo hiciera.

Y también explicaba por qué le habían molestado tanto las reglas que quiso imponer cuando llegaron al ático.

De ninguna manera iba a permitir que su exmarido la acosase y chantajease para que hiciera lo que él quería: forzarla a compartir su cama.

–¿Quién es exactamente? –le preguntó–. Bueno, ya me has dicho que su apellido no es Smith –añadió mientras Samantha lo miraba interrogante.

–Howard –respondió ella, sin mirarlo–. Su nombre es Malcolm Howard.

Xander hizo un gesto de sorpresa.

–¿De Electrónica Howard? ¿Ese Malcolm Howard?

Solo conocía su reputación como hombre de negocios, aunque creía recordar que Howard había estado
brevemente casado unos años antes. No recordaba haber oído nada sobre una hija. Evidentemente, porque
Howard no le había contado a nadie que tenía una hija.

–¿Lo conoces?

Xander negó con la cabeza.

–No, personalmente no, pero creo recordar que
tiene tarjeta de socio de la discoteca Midas –respondió. Un privilegio que pensaba cancelar a la primera
oportunidad–. Darius lo conoce mejor que yo. Por eso
Howard estaba en el hotel la otra noche, era uno de
los invitados de mi hermano.

–Sí.

–Estoy seguro de que Darius no sabe la clase de
persona que es. ¿Tú sabías que...? No –Xander se respondió a su propia pregunta, impaciente–. Tú no sabías que tu exmarido estaría en la boda. De haberlo
sabido te habrías ido antes de que llegase. O no hubieras ido a la boda.

–No, desde luego.

–¿Qué te hizo cuando estabas casada con él, Samantha?

Ella lo miró en silencio durante unos segundos, con
el ceño fruncido. Y luego se miró la muñeca vendada.

–La crueldad emocional puede ser tan terrible
como la violencia física.

Él lo sabía, había visto a su padre atormentando y
controlando a su madre durante años con la amenaza
de maltratarlo a él físicamente. La amenaza de Malcolm Howard de pedir la custodia de Daisy era para
atormentar a Samantha, para controlarla.

¿Hasta el punto de estar pensando seriamente en
plegarse a sus deseos?

Por encima de su cadáver.

Xander sacudió la cabeza.

—Malcolm Howard es un hombre muy rico y, sin embargo, Daisy y tú... —vaciló, haciendo un gesto de disgusto al darse cuenta de lo que había estado a punto de decir.

—Y, sin embargo, Daisy y yo vivimos en un apartamento de un solo dormitorio y yo tengo que trabajar en todo lo que me salga para llegar a fin de mes —terminó Samantha la frase por él.

—Entiendo —Xander frunció el ceño.

Ella esbozó una triste sonrisa.

—Malcolm me ofreció un trato cuando nos divorciamos: una minúscula cantidad de dinero para Daisy, sin pensión alimenticia ni dinero para mí, además de todas las joyas y regalos que me había hecho durante nuestro matrimonio. A cambio, él me daría la custodia de Daisy.

—La custodia de la hija que él no quería —sugirió Xander.

—Así es —respondió ella.

No había oído nada tan diabólico en toda su vida. Era absolutamente repugnante. Malcolm Howard tenía millones y, sin embargo, le había negado a su exmujer el dinero que necesitaba para poder cuidar de Daisy.

Un trato diabólico del que amenazaba con renegar a menos que Samantha accediese a sus demandas de convertirse en su amante.

¿Qué clase de hombre le hacía eso a una mujer con la que había estado casado, la madre de su hija?

—¿Confías en mí, Samantha? —le preguntó entonces con voz ronca.

—¿Para hacer qué?

–Para ayudaros a Daisy y a ti.

«Para asegurarme de que Howard sufra como os ha hecho sufrir a Daisy y a ti».

¿Confiaba en Xander?, se preguntó Sam.

Hacía tanto tiempo que no podía confiar en nadie... Una vez había pensado que podía confiar en Malcolm y el resultado había sido ese desastre.

–No pienses en el pasado, Samantha –la animó Xander como si le hubiera leído el pensamiento–. Concéntrate en si confías en mí para que encuentre una manera de liberarte de tu exmarido de una vez por todas.

¿Quería que Xander hiciera eso? ¿Era esa la respuesta, el milagro por el que había estado rezando?

¿Tenía alguna otra opción más que confiar en Xander cuando su futuro y el de su hija estaban en peligro por las amenazas de Malcolm?

Sam se pasó la lengua por los labios antes de hablar:

–¿Por qué quieres ayudarnos? No es tu problema.

–Pero yo lo he convertido en mi problema –respondió Xander.

Ella lo miró, interrogante.

–De verdad eres un cordero con piel de lobo, ¿eh?

Él esbozó una sonrisa.

–En realidad, soy un lobo con piel de lobo, pero hasta los lobos tienen corazón, Samantha. Y, por razones obvias, desprecio a los matones –respondió, con tono seco–. ¿Dejarás que te ayude?

Sam lo miró durante unos segundos antes de asentir con la cabeza.

–Me ha dado hasta finales de semana para que tome una decisión.

–Ah, qué generoso por su parte –murmuró él, sarcástico.

–Malcolm parecía creerlo, sí.

–Para entonces habré encontrado una solución –le aseguró Xander.

–Entonces, sí –aceptó Samantha en voz baja–. De verdad te agradezco que quieras ayudarme si de verdad quieres hacerlo.

–Quiero hacerlo –asintió él, apartando la mirada.

Sam vivió en un estado de angustia durante los siguientes días. Malcolm le había dado hasta finales de semana para tomar una decisión, pero ella lo conocía demasiado bien como para creer en su palabra y vivía con miedo, esperando encontrárselo en la puerta del colegio cualquier mañana.

Y le preocupaba incluso más a medida que pasaban los días y no tenía noticias de él.

Xander le había asegurado que tenía la situación controlada cuando le habló de su preocupación unos días después, añadiendo que tendría alguna noticia a finales de semana.

Pero también a él parecía preocuparle que Malcolm apareciese en el colegio porque había insistido en acompañarla todos los días. Para alegría de Daisy.

Y creando una nueva preocupación: que su hija estuviese encariñándose demasiado con Xander. Comían juntos desde el sábado por la mañana, cuando él insistió en comer y cenar en la cocina. Y era a Xander a quien Daisy quería ver en cuanto salía del colegio. Xander a quien le pedía que le leyese un cuento cada noche antes de dormirse.

Y eso era precisamente lo que estaban haciendo el viernes por la noche, mientras Sam limpiaba la cocina después de cenar.

Todo era demasiado hogareño. Aunque Xander y Daisy parecían totalmente felices.

De modo que, aparte de la preocupación por Malcolm, también tenía que preocuparse por cómo reaccionaría Daisy cuando tuvieran que irse del apartamento en una semana.

Aunque Sam entendía ese cariño porque temía que a ella le pasara lo mismo.

Como por un acuerdo tácito, no habían vuelto a hablar sobre lo que Xander le había contado de su infancia. Pero saber que había compartido esas confidencias estaba ahí entre ellos, creando un sutil pero discernible cambio en su relación. Aparte de la atracción física había un nuevo compañerismo.

Xander no había hecho intento alguno de pasarse de la raya otra vez, a pesar de que su deseo por ella era más que evidente cada vez que lo ayudaba a entrar y salir de la ducha.

¿Y era desilusión lo que sentía?

¿Porque Xander no había vuelto a intentar besarla?

¿Estaba celosa de la intimidad que había entre Xander y Daisy?

No, no eran celos exactamente. ¿Cómo podía molestarle la simpatía y el afecto que Xander mostraba por su hija? Era solo que le gustaría poder estar tan relajada y contenta con él como Daisy.

−¿Todo bien?

Sam estuvo a punto de soltar el plato que iba a meter en el lavavajillas ante la inesperada aparición de Xander en la cocina. Normalmente, oía el ruido de las muletas, pero las sesiones diarias con el fisioterapeuta iban tan bien que le había aconsejado que usara solo el bastón y, por lo tanto, era más difícil saber cuándo iba a aparecer repentinamente en una habitación.

Metió el plato en el lavavajillas antes de erguirse, concentró la mirada en un punto sobre el hombro izquierdo de Xander, que estaba en la puerta.

—Estaba pensando qué deberíamos hacer Daisy y yo el fin de semana.

Xander entró en la cocina, haciendo que una espaciosa habitación de repente pareciese pequeña.

—Daisy y yo estábamos hablando precisamente de eso —respondió él—. Daisy quiere que la llevemos al cine mañana y luego ha sugerido ir a nadar.

A Sam se le encogió el corazón al pensar en un fin de semana con Xander. Horas y horas teniendo que ocultar sus sentimientos.

—Te agradezco el tiempo y el esfuerzo que le has dedicado a Daisy esta semana... —empezó a decir.

—¿Pero? —Xander enarcó una rubia ceja.

Sam seguía sin poder mirarlo directamente; la turbadora atracción latía bajo su piel.

—Pero tal vez no deberías pasar tanto tiempo con ella. No quiero que Daisy se encariñe tanto contigo —le dijo, a regañadientes—. Tendremos que irnos a finales de semana y...

—Y crees que a partir de entonces me olvidaré de ella, ¿es eso? —replicó Xander, sintiéndose insultado—. Dijiste que confiabas en mí, Samantha.

—Y confío en ti —Sam se mordió el labio inferior—. Pero es que... te agradezco mucho el tiempo que pasas con ella, de verdad, pero sigues incapacitado en este momento y no puedes hacer las cosas que haces normalmente. Me imagino que debe de ser aburrido tener que estar encerrado en casa todo el día, pero mejoras a pasos agigantados y, cuando estés bien del todo, volverás a tu antigua vida y...

−Y entonces ya no tendré tiempo para Daisy, ¿es eso lo que quieres decir?

Xander se había dado cuenta de que Samantha y él no hablaban de temas personales desde las confidencias del lunes. Posiblemente, porque ninguno de los dos estaba acostumbrado, pero que Samantha diese a entender que iba a olvidarse de Daisy en cuanto estuviese bien no era justo.

Le había tomado un gran afecto a Daisy por ella misma, pero también, y lo sabía, porque era una versión en miniatura de su madre.

Sentía algo más que afecto por Samantha. De hecho, el deseo de hacer el amor con ella era un dolor físico con el que vivía a diario. Un deseo que estaba decidido a negarse a sí mismo porque sabía que no podía aprovecharse de la situación.

Tal vez era egoísta por su parte, pero no había querido hablar de Howard porque estaba disfrutando mucho esa semana viéndola tan relajada. Samantha confiaba en él y no quería arruinar la paz y la armonía. Incluso había decidido darse duchas frías por las mañanas para no aniquilar esa confianza intentando besarla otra vez.

Que Samantha lo acusara de utilizar a Daisy como diversión para su aburrimiento y sugerir que la olvidaría una vez que pudiese hacer su vida normal solo añadía sal a la herida.

¿Las confidencias que había compartido con ella sobre su padre no significaban nada? ¿Y la confianza que Samantha había puesto en él al aceptar que la ayudase?

−Bueno, pues muchas gracias −murmuró, molesto−. Me alegra saber que me crees insensible además de superficial.

Se volvió abruptamente para salir de la cocina y se encerró en su estudio.

Antes de decir algo que pudiese lamentar.

Como, por ejemplo, que no se había aburrido un solo momento en esos días.

Que, a pesar de las dudas iniciales sobre el tema, le gustaba tener a Samantha y Daisy viviendo con él y que de verdad disfrutaba de su compañía.

Que se despertaba cada mañana con una sonrisa, contento porque iba a pasar el día con ellas.

Que tenía la sensación de que su apartamento tendría el calor de un tanatorio cuando se fueran ese fin de semana.

Que estaba claro cuánto le gustaba Samantha porque había compartido con ella confidencias sobre su infancia, un tema del que jamás hablaba con nadie que no fuera de su familia.

Maldita fuera, valoraba tanto todo eso que había decidido guardarse su deseo para sí mismo por miedo a dañar tan pacífica y agradable existencia.

Tal vez necesitaba salir del apartamento un rato, alejarse de Samantha y Daisy e intentar volver a poner cierta perspectiva en su vida.

Su secretaria llegaba a las nueve y media cada mañana para solucionar las cosas más urgentes, todo lo que no podía esperar hasta que Darius volviese de su luna de miel, hasta que Xander estuviera lo bastante recuperado como para ir a la oficina.

Pero, aparte de la boda de su hermano, no había salido del ático en varias semanas.

Había dos hombres de seguridad en el portal para que Samantha se sintiera a salvo de su exmarido y un par de horas en la discoteca Midas podría ser justo lo que necesitaba para ponerse a sí mismo, y la situación, en perspectiva.

—¿Xander?

Él estaba tan perdido en sus pensamientos que ni siquiera había visto a Samantha en la puerta del estudio.

Estaba tan preciosa, con su pelo como una llama cayendo sobre los hombros y el rostro ligeramente ruborizado, seguramente por haber estado cocinando. Con sus pequeños y perfectos pechos erguidos, los pezones marcados bajo la camisa blanca que llevaba y los pantalones negros ciñendo amorosamente la curva de sus caderas.

Tanto que le resultaba imposible levantarse y moverse por el estudio, aunque eso era lo que quería hacer.

—¿Qué ocurre, Samantha?

El cuerpo de Xander reaccionó de inmediato al verla.

—Quería pedirte disculpas. No quería decir... sé que Daisy te importa de verdad, pero no quiero... jamás te insultaría deliberadamente.

—Solo indirectamente —murmuró Xander—. Mira, déjalo. Seguramente haces bien en preocuparte. Al fin y al cabo, soy básicamente superficial e insensible.

—Yo no he dicho eso.

—No, lo he dicho yo —Xander suspiró—. ¿Qué sé yo de una niña de cinco años?

—Bueno, tú fuiste una vez un niño de esa edad.

Sí, lo había sido y sabía muy bien lo que era tener cinco años y estar totalmente sorprendido por el desafecto de su padre. El mismo desafecto de Malcolm Howard hacia su hija.

De modo que sí, en ese sentido Xander podía entender a Daisy.

Era el deseo que sentía por hacer el amor con su madre lo que se había convertido en un peligro.

—No quiero discutir —una lágrima brillaba en los ojos de Samantha, que lo miraba implorante—. Este asunto con Malcolm me tiene angustiada. Nunca ha sido mi intención insultarte.

Xander lo sabía. Sabía que Samantha no era el tipo de persona que insultaría o haría daño a alguien deliberadamente. Era dulce, amable y había sido infinitamente paciente y comprensiva con él desde el principio, a pesar de su mal humor. Y, además, era una madre maravillosa con Daisy.

Y no lamentaba haberle hablado de su infancia porque sabía que era necesario en ese momento. Y también, de alguna forma inexplicable, había sido como un bálsamo para sus propios sentimientos.

—Estás tensa y preocupada por tu ex y debería haberte hablado de ello antes —Xander suspiró—. No lo hice porque... —no terminó la frase, sabiendo que había sido egoísta por su parte no haber sacado el tema—. Después de investigar a Malcolm Howard, he decidido atacarlo a través de los negocios —le reveló—. De hecho, ya he puesto algunos planes en marcha. No, no te preocupes —intentó esbozar una sonrisa—. Cuando haya terminado con él, Howard deseará no haberte hablado nunca como lo hizo y menos haberte amenazado utilizando a Daisy.

Ella hizo un gesto de preocupación.

—¿Qué vas a hacer?

—Qué estoy haciendo ya —la corrigió Xander, levantándose cuando su erección por fin se lo permitió—. Electrónica Howard tendrá un serio problema con el préstamo que ha pedido al banco y eso pondrá en pe-

ligro los planes que Howard tiene de ampliar el negocio al mercado japonés –añadió con satisfacción.

También había cancelado su tarjeta de socio de todos los hoteles, restaurantes y clubs Midas el día después de hablar con Samantha, para que supiera exactamente quién era su enemigo. Howard no tardaría mucho
en saberlo y, cuando hiciese averiguaciones, descubriría
que Xander era también quien estaba poniéndole la zan-
cadilla en el banco. Un movimiento deliberado por su
parte para asegurarse de que él fuese el objetivo y no
Samantha y Daisy.

–¿Puedes hacer eso? –Samantha lo miró, dubita-
tiva.

Xander esbozó una sonrisa.

–Tengo intereses en el banco en el que Howard ha
pedido el préstamo. Me imagino que en este momento
estará dando vueltas como un pollo sin cabeza intentando conseguir un préstamo de otro banco.

–¿Y qué pasará cuando deje de dar vueltas como
un pollo sin cabeza?

Xander hizo una mueca.

–El lunes, mi abogado se pondrá en contacto con él.
A cambio del préstamo, Howard tendrá que firmar un
acuerdo aceptando no volver a acercarse ni a ti ni a tu
hija. Este asunto tiene que solucionarse de una vez por
todas –dijo con voz ronca al ver su gesto preocupado.

–¿Y si no quiere firmar?

–Lo hará –afirmó Xander.

Porque, si no lo hacía, no tendría ninguna compasión y lo destruiría por completo.

Ella sacudió la cabeza.

–No puedo dejar que hagas eso.

–Ya está hecho, Samantha.

Sam se quedó mirándolo, perpleja. Aquello era una

locura. Sabía que Xander era muy rico, pero, al parecer, era más poderoso de lo que nunca hubiera podido imaginarse. Y jamás hubiera soñado que se pondría de su lado y el de Daisy hasta tal punto.

Xander dio un paso adelante.

—No voy a dejar que vuelva a hacerte daño, ni a ti ni a Daisy.

Eso era encomiable, pero en los últimos días Sam se había dado cuenta de que era el propio Xander quien podría hacerle daño. Mucho más que Malcolm, pero de una forma totalmente diferente.

Había tenido que luchar contra esa atracción durante toda la semana, evitando estar a solas con él y manteniendo conversaciones ligeras e impersonales. No siempre había sido posible permanecer completamente inmune, claro; la hora de la ducha se había convertido a la vez en un placer y una tortura. Especialmente, dado el flagrante deseo masculino.

Pero Sam había decidido achacarlo a todas esas semanas sin mantener relaciones más que a una respuesta directa a ella. Xander debía de estar tan frustrado sexualmente después de casi dos meses en el dique seco que hubiera respondido ante cualquier mujer y no específicamente ante ella.

En cualquier caso, eso no había evitado su propia reacción ante esa piel tersa, bronceada, desnuda. Ante los anchos hombros que se moría por tocar, el torso duro y fibroso, la cintura estrecha, las piernas largas y musculosas.

Tenía el pelo un poco más largo que la semana anterior, cayendo en enmarañadas ondas rubias hasta el cuello de la camiseta y sobre la frente.

Tenía ese aspecto de guerrero vikingo a punto de saquear, expoliar y...

–¿Samantha? –murmuró Xander al ver el brillo enfebrecido de sus ojos y el delicado rubor que había aparecido en sus mejillas.

El silencio se alargó hasta que pudo oír el reloj de pared en el pasillo.

Sam centró la mirada en los labios masculinos mientras se pasaba la lengua por los suyos.

–Debería volver a la cocina.

–Pensé que ya habías terminado por hoy.

Ella carraspeó.

–No del todo. Yo... bueno, me voy para que sigas con lo que estuvieras haciendo antes de que te interrumpiera.

Él se encogió de hombros.

–Estaba pensando en salir.

–¿Ah, sí?

–A la discoteca –Xander asintió con la cabeza–. Pero prefiero quedarme aquí. Contigo.

Sam bajó sus largas y espesas pestañas oscuras.

–¿Ah, sí?

–Mírame, Samantha.

Ella negó con la cabeza.

–Prefiero no hacerlo.

–¿Por qué no?

Ella lo miró un momento, pero enseguida bajó los ojos.

Estaba claro que Samantha había visto el deseo que ya no intentaba disimular.

El mismo deseo contra el que había estado luchando durante la última semana. Un deseo que ya no sabía si podía seguir controlando. La deseaba tanto en aquel momento que apenas podía pensar con claridad. Y su aroma lo estaba volviendo loco; ese aroma insidiosamente cálido y deseable de mujer, combinado con algo floral, posiblemente jabón de lavanda.

–Creo que sería un error.

–Los momentos más interesantes de la vida suelen empezar siéndolo –Xander dio un paso adelante para tomarla entre sus brazos, la suavidad de sus curvas se adaptaba a los duros planos de su cuerpo.

Sam puso las manos sobre sus hombros en un esfuerzo por apartarse de él.

–De verdad no deberíamos hacer esto –su voz era un ruego. Estaba pidiendo una sensatez que Xander no podía darle en ese momento.

–¿De verdad quieres que pare? –murmuró con voz ronca.

Sam no quería que parase. ¿Cómo iba a quererlo si nunca se había sentido tan excitada?

–Siempre podríamos verlo como un trabajo de investigación –bromeó Xander, pasando las manos por su espina dorsal mientras hundía los labios en su cuello, el roce de su barba la hacía temblar–. Una forma de decidir de una vez por todas cuál es la postura más cómoda para hacer el amor –siguió, recordándole una conversación anterior.

Sam sabía que no debería dejar que aquello fuese más allá, pero había pasado mucho tiempo desde la última vez que un hombre la tocó con tal deseo. Como la semana anterior, su cuerpo la traicionaba, reaccionando por instinto al placer, con los pechos hinchados, los pezones erguidos y ese calor húmedo entre las piernas.

Xander olía muy bien. Llevaba una colonia ligera, masculina, y el champú de limón que usaba para lavarse el pelo. Y un olor que era solo Xander, un hombre sano en la flor de la vida.

Quería aquello.

Lo deseaba.

Sabía que los remordimientos llegarían después.

Y no tenía duda de que habría remordimientos, sobre todo por no poder ser para él más que un revolcón de una noche.

Pero otras mujeres se acostaban con hombres solo por el placer. ¿Por qué no ella?

Sí. ¿Por qué no iba a hacerlo?

Xander no necesitaba profesarle amor eterno para ser un amante cariñoso y considerado. Un amante que sería capaz de darle placer. Y ella tampoco tenía que estar enamorada para darle el mismo placer.

«Vive un poco, Sam», se animó a sí misma mentalmente. «Acepta lo que te ofrece, ya pensarás en las consecuencias más adelante».

—No tomo ningún anticonceptivo.

No podía pensar en esas consecuencias más adelante.

Los ojos de Xander se oscurecieron cuando ese comentario firmó su rendición.

—Yo me encargaré de todo —le aseguró con voz ronca.

Por supuesto que sí. Sin duda, tendría el cajón de la mesilla lleno de preservativos. Después de todo, debía de haber llevado al ático a muchas mujeres.

¿Podía hacerlo? ¿Podía disfrutar de una noche de sexo ardiente con un hombre, con Xander, solo por placer?

¡Desde luego que sí!

Capítulo 9

SAM miró a Xander con cierta timidez.

–¿Tu dormitorio o el mío?

Xander esbozó una sonrisa de aprobación antes de apretar su mano.

–Los preservativos están en mi dormitorio –le recordó, burlón, mientras salían juntos del estudio.

Sam sintió que le ardían las mejillas. Lo cual era absurdo porque pensaba desnudarse delante de aquel hombre en unos minutos.

Xander encendió una lámpara de mesa cuando entraron en el masculino dormitorio, dominado por una opulenta cama de caoba con dosel cubierta de almohadones de seda en colores crema y oro, con cortinas a juego.

La decadencia personificada.

Como lo era el hermoso vikingo que tenía a su lado.

–Deja de pensar, Samantha –la animó él al ver su expresión incierta–. Todo va a ir bien, confía en mí –susurró mientras le pasaba el pulgar por el labio inferior.

–No... no me gustaría decepcionarte.

–Tampoco a mí.

–No podrías hacerlo.

–Hacer el amor consiste en aprender qué le gusta a la otra persona, a dar igual que recibir –le aseguró Xander con voz ronca–. Y yo quiero darte, Samantha.

Quiero que sientas cuánto te deseo –añadió, tomando su mano para ponerla sobre su erección.

Y observó, fascinado, que Samantha se pasaba la punta de la lengua por los labios.

¿Anticipando el momento de pasarla sobre el rígido miembro que tenía bajo la mano?

Esperaba que así fuera.

Le sostuvo la mirada mientras se sentaba en la cama y la empujaba suavemente para colocarla entre sus piernas abiertas.

–Xander –susurró cuando empezó a desabrocharle los botones de la camisa.

–Eres tan hermosa... –se quedó sin aliento cuando descartó la camisa para revelar un sujetador de satén y encaje blanco. Su piel era nacarada, brillante–. Tan, tan preciosa, Samantha –murmuró hundiendo la cara entre sus pechos.

Sam apenas podía respirar y tuvo que poner las manos sobre sus hombros para no perder el equilibrio; la intimidad del momento era tan hermosa... Absolutamente maravillosa.

Como el hombre que le besaba el nacimiento de los pechos con gesto apasionado.

Su pelo era tan suave como la seda, el roce de la camiseta, una excitante abrasión contra su piel desnuda.

Xander se apartó un poco.

–Esto tiene que desaparecer –murmuró con los ojos oscurecidos mientras le quitaba el sujetador, que dejó caer al suelo junto a la camisa–. Esto me encanta –susurró, acariciando el tatuaje del águila–. Es casi tan hermoso como tú.

Sam se quedó sin aliento cuando al sentir el primer roce de sus labios sobre un pezón desnudo, que besó

suavemente una y otra vez, su lengua fue como ter-
ciopelo húmedo.

—Sí —susurró, agarrando su pelo cuando por fin se
lo metió en la boca mientras apretaba el otro entre el
índice y el pulgar.

Sam arqueó la espalda, disfrutando del calor que
sentía entre los muslos mientras se apretaba contra él.

Xander cayó hacia atrás, sobre los almohadones
que cubrían la cama, llevando a Samantha con él.

Apoyó la cabeza sobre la almohada y cerró los ojos
mientras acariciaba sus pechos. Eran pequeños, fir-
mes, perfectamente redondos, con unos pezones de
color rosado que estaban suplicando la atención de su
boca y sus dedos.

Xander levantó un poco la cabeza para sostenerle
la mirada mientras lamía lentamente un maduro y ju-
goso pezón con la lengua antes de metérselo en la
boca, dejando escapar un gruñido de deseo, con la
erección latiendo dolorosamente bajo los tejanos.

Vio que Samantha cerraba los ojos para disfrutar
del placer, sus mejillas estaban cubiertas de rubor
mientras apoyaba las manos a cada lado de su cabeza
y se inclinaba un poco para permitirle succionar más
profundamente.

Sam se decía a sí misma una y otra vez que podía
hacerlo, que podía disfrutar del momento. Disfrutar de
Xander.

Estaba experimentando un placer que no había experimentado nunca. La postura le permitía arquearse
lenta y rítmicamente, empujar hacia abajo para sentir
la dura erección contra el calor de entre sus muslos,
las capas de tela actuaban como una excitante barrera
hasta que su aliento salió en cortos y placenteros ja-
deos. Sabía que estaba al borde del clímax.

Como si también él lo supiera, Xander le mordió un pezón mientras le apretaba el otro entre los dedos, provocándole el más intenso y prolongado orgasmo de su vida.

Sam dejó escapar un grito de gozo hasta que se le doblaron los brazos y cayó sobre el torso de Xander, que la envolvió entre sus brazos.

Quedó sobre él, agotada, con la respiración agitada y el cuerpo temblando por las últimas sacudidas de placer.

–¿Estás bien, Samantha? –le preguntó él por fin.

¿Que si estaba bien? Nunca se había sentido mejor en toda su vida.

Se sentía liberada. Había experimentado una libertad desconocida para ella.

Antes de Xander.

Sintió un estremecimiento de emoción al ver sus ojos oscurecidos de deseo y el pelo rubio desaliñado por sus caricias.

–Creo que hemos encontrado una postura cómoda, ¿no? –bromeó mientras se arrodillaba entre sus muslos para desabrocharle los botones de los tejanos.

Estaba envalentonada.

Xander la miraba con los ojos entrecerrados mientras le desabrochaba los botones para revelar unos boxers negros bajo los que su deseo, largo y grueso, era más que evidente. Sam tiró hacia abajo de los tejanos para descartarlos por completo y después se desnudó, mirándolo a los ojos.

Empezó a pasar las manos por las poderosas piernas masculinas, desde el tobillo hasta el muslo, deteniéndose para tocar la cicatriz del izquierdo antes de acariciar ligeramente la erección a través del fino tejido de los boxers.

–Quítamelos, Samantha –rugió Xander, apretando los puños a los costados–. Quiero sentir tus manos sobre mí.

Era tan apuesto... Samantha contuvo el aliento mientras tiraba de los boxers para clavar su ardiente mirada en la larga y gruesa erección.

–Tócame –la animó Xander con voz ronca–. Sí, justo así –murmuró, cerrando los ojos cuando lo envolvió en su mano e inclinó la cabeza para tomarlo en la boca.

Sentía que estaba a punto de perder el control mientras miraba la cabeza de Samantha subiendo y bajando. Mientras sentía el roce de los húmedos labios, las caricias de su perversa lengua, el cosquilleo en la base de su espina dorsal le dijo que estaba a punto de dejarse ir.

Puso las manos sobre sus hombros para apartarla porque tenía que detener el tormento antes de hacer justo eso.

–No, así no, Samantha –murmuró al ver su expresión decepcionada–. Quiero estar dentro de ti –le explicó mientras alargaba una mano para sacar un preservativo del cajón de la mesilla.

–Déjame a mí –se ofreció ella con voz ronca antes de rasgar el envoltorio.

El cosquilleo en la base de la espina dorsal aumentó al sentir la caricia de los dedos de Samantha mientras lo envolvía lentamente. Temía no aguantar lo suficiente una vez que estuviese hundido en ella hasta el fondo. De hecho, no estaba seguro de poder esperar un segundo más.

–Encima de mí –susurró–. Necesito estar dentro de ti ahora mismo –sujetó sus caderas mientras se hundía en ella, intentando ir despacio.

Pero supo que había perdido la batalla enseguida.

–No puedo. Perdóname, Samantha, pero no puedo ir despacio. La próxima vez, te lo prometo... –Xander rugió mientras apretaba con fuerza sus caderas.

Sam se agarró a sus hombros mientras soportaba las fieras embestidas. Su cuerpo se inundaba de deseo al ver la excitada expresión de Xander, que clavaba los dedos en sus caderas mientras empujaba con fuerza una y otra vez.

Se quedó sorprendida cuando el segundo orgasmo empezó a crecer dentro de ella.

–¡Xander! –tuvo tiempo de gritar antes de que el clímax la dejase sin aliento; el placer fue aún más intenso que el del primero.

Como si fuera eso lo que estaba esperando, Xander gritó mientras empujaba con fuerza por última vez antes de dejarse ir en su interior como un volcán.

Qué tonta había sido, tuvo que reconocer Sam con pena a la mañana siguiente, mientras miraba al hermoso hombre que estaba dormido a su lado. Porque sabía que no podría haber una segunda vez para ellos.

Daba igual lo que se hubiera dicho a sí misma por la noche, mientras estaban haciendo el amor. Daba igual que hubiera intentado convencerse de que podía disfrutar de una noche de pasión con Xander antes de despedirse alegremente. Era una estupidez, una mentira que se había contado a sí misma para tener lo que quería, lo que tanto deseaba.

En ese momento tenía que reconocer que no solo se había mentido a sí misma sobre su capacidad para acostarse con un hombre sin esperar nada más, sino también sobre sus sentimientos por Xander.

Sabía que tendría remordimientos por la mañana.

Pues bien, allí estaban, en cuanto se despertó a las cinco de la mañana, con los primeros rayos del sol entrando por la ventana del dormitorio porque había olvidado cerrar las cortinas por la noche.

Se había sentido totalmente desorientada cuando se despertó y tardó unos segundos en recordar dónde estaba. Y entonces se volvió para mirar al hombre que dormía a su lado.

Una mirada al hermoso rostro cincelado de Xander, relajado, con ese precioso pelo rubio cayendo sobre la almohada y el torso descubierto, y Sam se dio cuenta de que estaba enamorada de él.

En algún momento durante la última semana, mientras compartían apartamento, su pasado, el horror de su infancia y la batalla que había librado en las últimas semanas temiendo ser como su padre, se había enamorado de Xander Sterne. Se había enamorado de su deseo de protegerla, de su amabilidad hacia Daisy...

Se había enamorado locamente de él.

Y por eso iba a levantarse de la cama, con cuidado para no despertarlo. Tenía que estar sola para decidir cómo iba a enfrentarse a él.

Tenía que recoger sus cosas del suelo y volver al santuario de su dormitorio.

Sin duda habría habido docenas de mujeres entre sus sábanas en esos años. Mujeres hermosas, sofisticadas, que podían disfrutar del sexo sin ataduras con un amante experto como él antes de vestirse por la mañana y marcharse sin mirar atrás.

Desgraciadamente, Sam sabía que ella no era una de esas mujeres.

Ella no era hermosa o sofisticada y, lo peor de todo, no era capaz de alejarse de Xander sin mirar atrás.

No quería ver su decepción cuando se despertase y la encontrase a su lado en la cama.

Xander se sentía maravillosamente relajado cuando se despertó, con los primeros rayos del sol acariciando sus párpados cerrados.

Totalmente relajado y maravillosamente saciado como nunca. Casi como si... no casi, había hecho el amor con Samantha.

Abrió los ojos de repente y giró la cabeza para mirar a su lado, pero ella había desaparecido.

Su ropa no estaba en el suelo y tampoco oía ruido en el cuarto de baño, de modo que no estaba duchándose.

El reloj de la mesilla marcaba las seis en punto. ¿Dónde estaba?

Se había ido, fue la inmediata respuesta.

¿Solo de su dormitorio o del apartamento?

No, aunque Samantha lamentase lo que había pasado entre ellos, no habría despertado a Daisy en medio de la noche para marcharse sin decir una palabra. Especialmente, con su exmarido al acecho y a punto de atacar.

No, estaba seguro de que no habría hecho eso.

Pero no podía negar que se había ido del dormitorio.

¿Por qué?

La noche anterior había parecido tan feliz entre sus brazos mientras se quedaban dormidos de puro agotamiento...

Maldita fuera. Estaba tan satisfecho y tan agotado después de hacer el amor que ni siquiera la había oído saltar de la cama.

Se pasó una mano por la cara, agitado, recordando cómo Samantha lo había agarrado del pelo durante el clímax la segunda vez.

Pero había desaparecido, se había ido de la cama como una ladrona en medio de la noche. Como si lo que había pasado no significara nada para ella. Como si él no significara nada para ella.

Y tal vez así era, pensó, frunciendo el ceño al recordar la discusión sobre el problema con su exmarido.

¿Podría haber hecho el amor con él solo por gratitud?

¿Porque había dejado claro que la deseaba y ella no había querido rechazarlo?

–¿Cereales, tortitas o huevos con beicon? –preguntó Sam cuando Xander hizo su aparición en la puerta de la cocina a las ocho.

Daisy estaba sentada frente a la barra de desayuno, tomando sus tortitas.

Xander la miraba con los ojos ensombrecidos y serios, nada que ver con el amante salvaje y fabuloso que había sido por la noche. O el hombre saciado y relajado al que había dejado dormido en la cama de madrugada.

Y ella no se sentía la mujer desinhibida de la noche anterior.

Sintió que le ardían las mejillas al pensar en las intimidades que habían compartido.

–¿O tal vez solo un café? –siguió a toda prisa cuando Xander no respondió. Pero seguía mirándola con esa extraña expresión en sus enigmáticos ojos.

¿Buscando qué?

¿Remordimientos?

Sam tenía muchos.

¿Una regañina?

No, no tenía nada por lo que regañarlo, había sido una participante activa y encantada.

¿Por qué la miraba tan intensamente?

No sabía lo que estaba buscando, pero su expresión se volvió más cautelosa mientras entraba en la cocina.

–Solo café, gracias –respondió mientras se sentaba frente a Daisy–. ¿Cómo estás esta mañana, florecilla? –su tono se suavizó al hablar con la niña.

Sam sirvió el café en una taza y la dejó frente a él antes de tomar el plato vacío de Daisy para dejarlo en la encimera, las lágrimas nublaban su visión.

Era horrible. Peor de lo que se había imaginado.

En su mente había habido al menos una torpe conversación entre Xander y ella, en la que él diría algo así como «tenías razón, lo de anoche fue un error», y Sam le pediría que lo olvidase, como ella intentaba hacer.

Tuvo que ponerse de espaldas para disimular su angustia.

El hecho de que Daisy estuviera presente esa mañana haría difícil aquella breve conversación, si no imposible.

Y Sam no sabía si sus nervios podrían soportar la tensión, especialmente si Xander decidía pasar el fin de semana con ellas.

Porque no eran una familia y nunca podrían serlo.

El pasado de Xander, la legión de mujeres con la que había compartido cama, hablaba por sí mismo. Y, desde luego, no le había hecho ninguna declaración de amor por la noche. Tampoco le había hecho falta, se recordó a sí misma, después de que ella dejase claro que lo deseaba tanto como él.

Había estado dispuesta y que significase tanto para ella no era su problema.

Eso era algo que Sam pensaba guardarse para sí misma.

Xander saldría corriendo si pensara que sentía algo por él. Peor, que había sido lo bastante estúpida como para enamorarse.

La idea de despedirse de él a finales de semana, de no volver a verlo, era suficiente para romperle el corazón.

–Daisy, ¿qué tal si te pongo una película de dibujos animados?

Xander sabía por qué Samantha estaba de espaldas. El ligero temblor de sus hombros y el ocasional sollozo contenido indicaban que estaba llorando.

¿Podía sentirse más como un canalla?, se preguntó mientras acompañaba a Daisy al cuarto de la televisión para ponerle una película.

Se había aprovechado de Samantha por la noche. ¿Había utilizado sus emociones, el miedo a su exmarido, su gratitud, la compasión que sentía por su pasado? Había utilizado todo eso para tomar lo que quería.

Que Samantha se hubiera ido antes de que se despertase, que estuviese llorando por la mañana, dejaba claro que lamentaba lo que había pasado.

Y él no sabía cómo arreglar la situación.

¿Debía disculparse y decirle que sabía y aceptaba que todo había sido un error?

¿Aunque no lo pensara?

¿Debía prometer que no volvería a pasar?

Deseándola como la deseaba, esa era una promesa que no podría cumplir.

¿La avergonzaría aún más si fuese el primero en sacar el tema?

No, eso no iba a pasar. Humillaría a Samantha y eso era lo último que deseaba.

Lo que él quería era haber despertado el uno en los brazos del otro para volver a hacer el amor antes de hablar sobre dónde iba su relación.

Pero Samantha ya se había ido cuando se despertó, de modo que no hubo oportunidad.

Y eso le decía que, en opinión de Samantha, no había ninguna relación que discutir.

Xander sabía que no podían seguir viviendo juntos durante una semana sin que alguno de los dos dijese algo sobre la noche anterior. Alguien debía reconocer lo que había pasado. No hacerlo sería infantil y lo que ocurrió por la noche había sido todo menos eso.

—Voy a volver a la cocina para charlar un rato con tu mamá, ¿de acuerdo? —le dijo a la niña mientras subía el volumen de la televisión.

—Bueno —asintió Daisy, distraída, con la atención centrada en los dibujos animados de la pantalla.

Xander cerró suavemente la puerta para salir al pasillo, respirando profundamente. No sabía qué iba a pasar en los próximos minutos o qué resultado daría esa conversación.

Pero cualquier posibilidad de conversación se fue por la ventana cuando entró en la cocina y la vio como una estatua, con el telefonillo interno colgando de su mano.

—¿Samantha? —Xander le quitó el teléfonillo, frunciendo el ceño al ver el dolor de los ojos de color amatista—. ¿Qué ocurre?

Ella lo miraba como si no lo viera, como si tuviese problemas para recordar quién era.

Xander le apretó el brazo para llamar su atención.

—¡Samantha!

–Han llamado de seguridad –empezó a decir ella sin entonación, mirándolo como si no lo viera.

–¿Y bien? –insistió él.

–Malcolm está abajo, en el portal.

–¿Qué?

–Y, al parecer, les ha dicho a los de seguridad que no tiene intención de marcharse hasta que haya hablado con uno de los dos.

Xander sabía que esa confrontación era inevitable. Había planteado deliberadamente la situación para que Howard lo convirtiese a él en su objetivo y no a Samantha o Daisy.

Pero no había esperado que apareciese en su casa antes de hablar con Samantha sobre la noche anterior.

Capítulo 10

TAL vez, si no hubiera estado tan cegado por el deseo y la necesidad de protegerla, habría pensado que Malcolm Howard era tan arrogante como para aparecer en su casa. Todo lo que Xander había descubierto sobre él la última semana indicaba que era alguien a quien le importaban un bledo los sentimientos de los demás y mucho menos los de Samantha.

–¿No habías dicho que tu abogado se pondría en contacto con Malcolm?

Él hizo una mueca.

–Iba a hacerlo el lunes por la mañana. Evidentemente, he subestimado la vileza de Howard.

–No te sientas mal. Poca gente lo conoce.

–Lo siento mucho –Xander frunció el ceño al ver su expresión preocupada–. No tienes por qué hablar con él –le aseguró–. Bajaré yo y le diré que mi abogado se pondrá en contacto con él el lunes, como habíamos planeado.

Sam sabía que eso sería lo más seguro, pero también una cobardía por su parte. Y ya no quería ser cobarde.

–No –anunció con firmeza, saliendo del estupor en el que estaba sumida desde que supo que Malcolm estaba abajo y se negaba a marcharse hasta que hubiese hablado con ella.

Era su peor pesadilla.

Bueno, no, eso no era cierto del todo. Su peor pesadilla era haberse enamorado de Xander sabiendo que él no podría corresponderla.

Entonces, ¿quería hablar con Malcolm?

En absoluto.

¿Quería que esa situación se solucionase de una vez por todas?

Desde luego que sí.

–¿Dónde está Daisy? –le preguntó, mordiéndose los labios al pensar que el padre de su hija estaba a unos metros de ella.

Xander hizo una mueca.

–Está viendo una de sus películas favoritas. Y he subido el volumen –respondió, sonriendo porque la televisión se oía desde el pasillo.

Samantha asintió con la cabeza.

–Entonces, será mejor hablar con Malcolm.

–¿Estás segura?

–Tú no tienes por qué hablar con él –Sam frunció el ceño al ver su gesto preocupado–. Ya has hecho bastante por nosotras.

–Que Howard esté aquí parece indicar que no lo he hecho bien.

–Te agradezco mucho tu ayuda. De verdad, Xander, pero puedo enfrentarme sola a esto si no quieres involucrarte más.

–¡Eso es lo último que deseo! Lo siento –murmuró cuando Samantha dio un respingo–. Perdona, siento haber levantado la voz.

Ella le puso una mano en el brazo.

–Vamos a terminar con esto de una vez, antes de que pierda el valor.

Cuando el tema estuviera solucionado, si lograban

solucionarlo, sería el momento de hablar sobre ellos dos.

Si la noche anterior había hecho incómodo que siguieran viviendo juntos durante otra semana, el fiasco con Malcolm lo hacía imposible del todo.

—Yo debería haber podido protegerte de esta conversación —dijo Xander.

—Porque tu instinto es proteger más que destruir.

Él asintió con la cabeza, agradeciendo su confianza.

—Hablaremos con Howard en el estudio —anunció, decidido, antes de tomar el teléfono para dar instrucciones a los de seguridad—. Si quieres esperar en el estudio, yo iré a esperarlo al ascensor.

—No tienes que hacerlo.

—Sí tengo que hacerlo —insistió él—. Yo soy el responsable de que esté aquí y no tengo la menor intención de permitir que hable a solas contigo.

—Pero...

—Por favor, espéranos en el estudio.

Xander dejó deliberadamente el bastón en la cocina. Lo último que deseaba era parecer débil frente a Malcolm Howard.

Con ese fin, estaba apoyado tranquilamente en la pared, con un brillo retador en los ojos, cuando se abrieron las puertas del ascensor. Howard le disgustó de inmediato.

Por muchas razones.

Porque una vez le había importado a Samantha.

Por haber estado casado con ella y no apreciar la joya que era.

Por ser el padre de Daisy.

Y, sobre todo, por haber arruinado sus vidas.

A juzgar por la expresión colérica de Malcolm Howard, el desagrado era mutuo.

–¿Sabe lo humillado que me sentí anoche, cuando llegué a la discoteca y me dijeron en la puerta que Xander Sterne había cancelado personalmente mi tarjeta de socio?

Xander hizo una mueca de asco. ¿Eso era lo único que le preocupaba?

Tuvo que apretar los puños. Solo la fe de Samantha en él lograba contenerlo.

–Ya no tiene los requisitos necesarios para ser miembro del club Midas –replicó, cortante, maldiciéndose a sí mismo por haber actuado impulsivamente al cancelar la tarjeta porque eso lo había alertado prematuramente de sus planes.

Había sido una reacción estúpida por su parte, incluso mezquina, y la razón para la indeseada presencia de Howard allí esa mañana.

Pero la idea de ir a Midas una noche y encontrarse a ese hombre en su discoteca, un hombre capaz de chantajear a su exmujer para que se acostase con él, había sido demasiado. No estaba seguro de que la fe de Samantha en él fuera suficiente para evitar que reaccionase violentamente en esas circunstancias.

–¿Y qué criterios son esos? –lo retó el otro hombre–. ¿Los hombres que se acuestan con mi exmujer no pueden tener tarjeta de socio del club Midas? Si es así, entonces me sorprende que queden hombres en Londres para llenar su discoteca.

Xander tuvo que contar mentalmente hasta diez. Y luego otra vez. Y otra. Y otra.

Estaba decidido, no iba a decepcionar a Samantha dejándose llevar por la ira.

–¿No tiene nada que decir? –volvió a retarlo Howard.

–Lamento tener que respirar el mismo aire que usted –replicó Xander por fin.

El rostro de Howard se retorció en una fea mueca.

–Me imagino que olvida convenientemente esa aversión cuando se trata de acostarse con mi exmujer.

–No diga una palabra más –le advirtió Xander–. Ni una palabra –un nervio latía en su tenso mentón.

Cuánto le hubiera gustado golpearlo hasta dejarlo inconsciente y dar así por terminada la conversación. Solo un puñetazo en esa bocaza de mueca desdeñosa, eso sería todo lo que haría falta para silenciar a Howard.

Pero sabía que no podía hacerlo, por grande que fuese la tentación. No podía traicionar la confianza, la fe que Samantha tenía en él.

Tomó aire, intentando controlarse.

–No tengo intención de decir nada más sin estar Samantha presente. Está esperándonos en el estudio.

Sin esperar para ver si lo seguía, se dio la vuelta y empezó a caminar por el pasillo, intentando disimular el dolor de la pierna al hacerlo sin bastón.

Bienvenido fuese el dolor si eso evitaba que la rabia lo consumiera.

Malcolm Howard debería haber amado a Samantha y Daisy, debería haberlas protegido y en lugar de eso les había hecho daño deliberadamente.

¿Cómo podía haberse creído Samantha enamorada de aquel hombre? ¿Cómo podía haberse casado con él?

Pero Xander sabía cómo. Por lo que le había contado, era muy joven y estaba completamente sola en el mundo cuando conoció a Howard.

Sin duda, se habría sentido halagada por las atenciones de un hombre mayor que ella y, aparentemente, encantador y sofisticado. El hombre al que le había confiado su amor para amarla y cuidar de ella.

Xander se detuvo frente a la puerta del estudio.

–Escúcheme, Howard, si vuelve a hacerle daño a Samantha, le aconsejo que mire por encima de su hombro en el futuro –le espetó, mostrando los dientes en un gesto amenazante.

Howard palideció.

–¿Está amenazándome?

–No es una amenaza, es una promesa –le aseguró Xander en voz baja mientras abría la puerta del estudio, haciéndole un gesto para que entrase.

Samantha estaba de pie frente a la ventana, el sol tras ella impedía que ni él ni Howard pudieran ver su expresión. Pero Xander sabía por la tensión de sus hombros y por cómo tenía las manos apretadas frente a ella que los siguientes minutos iban a ser difíciles.

Cruzó la habitación para colocarse a su lado, como un escudo entre Howard y ella, y apretó sus manos heladas. Podía ver lo pálida que estaba y sus ojos oscurecidos de dolor, aunque lo miraba con un gesto de confianza.

Xander se juró entonces que jamás defraudaría o traicionaría la confianza de aquella mujer.

–¿Preparada? –le preguntó en voz baja.

Sam no sabía si podría estar preparada para la que sabía sería una desagradable confrontación con su exmarido. Seguía sintiéndose culpable, y agradecida, de que Xander se hubiera involucrado tan personalmente en sus problemas. Él mismo lo había pedido, pero dudaba que siguiera pensando lo mismo al ver lo desagradable que era la situación. Por su expresión, era evidente que no se había imaginado que Malcolm pudiese aparecer en el ático esa mañana.

–Aunque esta escena es conmovedora –empezó a decir Malcolm, desdeñoso–, tal vez podría apartar las manos de mi exmujer el tiempo suficiente para que podamos mantener una conversación.

Sam había aprovechado la corta ausencia de Xander para crearse una coraza y no mostrar reacción alguna ante sus palabras, pero era imposible contener las náuseas al escuchar ese tono sarcástico. Debería haber recordado que las palabras crueles eran el arma favorita de Malcolm.

–Ignóralo y mírame –le urgió Xander, apretando sus manos–. Pase lo que pase, estoy aquí para protegeros a Daisy y a ti –la animó–. No voy a dejar que os haga daño.

Las lágrimas de agradecimiento nublaban su visión mientras erguía la espalda, decidida.

–Vamos a hacerlo.

–Bien hecho –Xander apretó sus manos por última vez antes de soltárselas–. Cuando me aparte, ve a sentarte detrás del escritorio. Eso te dará un cierto poder –le explicó.

Sam esbozó una sonrisa, convencida de que él habría usado ese poder muchas veces.

–Gracias –murmuró mientras se sentaba tras el escritorio, mirando de reojo a Malcolm, que estaba derrumbado en un sofá al otro lado del estudio.

Xander se apoyó en la pared, a su lado, para poder mirar directamente a Howard.

–En realidad, mi abogado debería estar presente en esta conversación –se atrevió a decir Sam.

Malcolm esbozó una desagradable sonrisa.

–Vaya, vaya, qué valiente te has vuelto desde que compartes cama con un multimillonario...

–Para ahora mismo –lo interrumpió ella al notar que Xander se apartaba de la pared.

–Tan a la defensiva por una amante –siguió Malcolm, mirando a Xander con gesto especulador–. ¿Nada que decir, Sterne?

Xander había esperado que aquella conversación tuviese al menos una semblanza de normalidad, pero el tono insultante y agresivo de Howard indicaba que eso no iba a pasar.

–No siento la necesidad de defenderme ante hombres como usted –replicó–. Hombres débiles que se complacen en hacerles daño a las mujeres y los niños.

Howard soltó un bufido.

–No recuerdo que Sam se quejase cuando vivíamos juntos.

–Tal vez tú no estabas escuchando –dijo ella.

La expresión de Malcolm se oscureció.

–Serás...

–Vamos al asunto –lo interrumpió Xander, que no sabía cuánto tiempo iba a poder soportar ese comportamiento injurioso.

–No he terminado.

–Sí, claro que ha terminado –le aseguró él con frialdad–. Pero no es lo bastante listo como para saber cuándo ha perdido.

El rostro de Howard se retorció de furia.

–Arrogante bastar...

–No, no lo soy. Creo que mis padres llevaban siete meses casados cuando nacimos mi hermano y yo –lo interrumpió Xander, irónico.

–Lo decía en sentido figurado, no literal.

–Me importa un bledo. Muy bien, yo empezaré esta conversación entonces –Xander miraba al hombre con frialdad–. Durante la última semana ha tenido dificultades para conseguir un préstamo de cierto banco.

Malcolm se levantó, airado.

–¿Está diciendo que también es responsable de eso?

Xander miró a Samantha.

–Pensé que habías dicho que era inteligente.

–Lo pensé una vez, sí.

–Evidentemente, te habías equivocado. Vamos al grano, Howard. Mi abogado ha redactado un contrato que firmará en su bufete el lunes por la mañana. En ese contrato declara que está de acuerdo en darle a Samantha el millón de libras que debería haberle dado hace tres años y, además, renuncia a la custodia de Daisy. Con el acuerdo añadido de no intentar volver a verla nunca. Ni a ella ni a Samantha.

Era todo lo que Sam quería, por supuesto, salvo el millón de libras. No quería dinero de Malcolm, lo único que quería era libertad para no temer que intentase arrebatarle a su hija.

Pero no era tan tonta como para rechazar el dinero. Podría poner la mayor parte en un fideicomiso para Daisy y el resto serviría para poder vivir sin problemas económicos.

¿De verdad era Xander capaz de intimidar a Malcolm para que firmase ese contrato?

La fría determinación de su rostro le dio la respuesta.

–¿Está loco o qué? –Howard se rio, incrédulo.

–Deberías hacerle caso a Xander –dijo Sam.

–¿Crees que me importa la opinión de una nulidad como tú? Puede que ahora te sientas valiente, pero esperemos a ver lo valiente que eres cuando Sterne se canse de ti y te eche de su cama –Malcolm pareció encogerse cuando Xander dio un amenazador paso adelante.

«Contrólate», se dijo a sí mismo, deteniéndose a unos centímetros de Howard.

«Calma. No muerdas el anzuelo y hagas algo que lamentarás más tarde».

«Especialmente, delante de Samantha».

Eso sería imperdonable cuando seguía mirándolo con tanta confianza.

—Debería hablarle a Samantha con más respeto —le espetó por fin, con tono de advertencia.

El otro hombre soltó un bufido.

—¿Por qué le importa tanto cómo le hable?

—Lo único que tiene que saber es que me importa —replicó Xander con frialdad.

—Y tal vez usted debería dejar de darle falsas esperanzas —replicó Howard—. Disfruta haciendo el papel de caballero andante ahora, pero los dos sabemos que solo es una diversión, un bonito juguete para calentar su cama. Solo hasta que se aburra de ella y busque la siguiente conquista.

La sarcástica pulla se parecía tanto a lo que Sam temía que iba a pasar tarde o temprano que tuvo que disimular un escalofrío de horror.

Eso era, por supuesto, lo que su exmarido pretendía.

Pero ella era más fuerte, más generosa que Malcolm. Y, desde luego, mejor persona de lo que él lo sería nunca.

Y Xander también.

—Xander —lo atajó, decidida, al ver que daba un paso adelante—, piensa que, si te dejas llevar por el impulso de atacarlo, tendrás que desinfectarte la mano después.

Lo había dicho en voz baja, con tono burlón, mientras seguía sentada tras el escritorio porque dudaba que sus piernas pudieran sostenerla si intentaba levantarse.

Xander esbozó una sonrisa de aprobación que ella le devolvió, esperando parecer más segura de lo que se sentía en realidad.

Pero la sonrisa desapareció cuando se volvió para mirar al otro hombre.

–¿Quién de nosotros es más poderoso, Howard? –le preguntó–. ¿Cuánto tiempo cree que podrá seguir manteniendo el negocio si no consigue ese préstamo? ¿Y durante cuánto tiempo seguirá siendo invitado a las fiestas importantes que tanto le gustan si yo decidiese hacer pública la aversión que siento por usted? ¿Cuántos restaurantes dejarían de tener mesa disponible?

–¡Porque tiene una aventura con mi exmujer! –exclamó él.

–Trabajo para él –lo corrigió Sam con firmeza, su mirada se endureció al ver lo débil que parecía en ese momento–. Irás a hablar con el abogado y firmarás el acuerdo. Y a partir de ese momento no volverás a asomar la cabeza en ningún sitio en el que yo pueda estar. Porque, si lo haces, dejaré que Xander te destroce.

Xander nunca la había admirado tanto como en ese momento. Estaba magnífica, con el pelo como una llama alrededor de los hombros.

Howard respiró con dificultad.

–Y, si firmo ese acuerdo, ¿qué garantía tendré de que usted va a cumplir con su parte?

–Tiene mi palabra y la de Samantha –respondió Xander–. Y, al contrario que la suya, mi palabra es respetada en todas partes.

–¿Por qué iba a darle ese poder?

–Porque para mí será un placer arruinarlo si no firma ese acuerdo –respondió Xander.

Howard soltó un bufido.

—¡Estaría viviendo con la espada de Damocles sobre mi cabeza durante el resto de mi vida!

—Eso es mejor que sentir el acero de esa espada en
su frío corazón.

Howard lo miró en silencio durante largo rato, como
librando una batalla interna; la arrogancia contra el sentido común.

—Muy bien, firmaré el maldito acuerdo —dijo por
fin—. Pero será mejor que cumpla su parte del trato.

—Acabo de decir que lo haré —Xander atravesó el
estudio para abrir la puerta, deseando perderlo de vista
cuanto antes porque necesitaba abrazar a Samantha,
consolarla, borrar el brillo de dolor de sus ojos.

Malcolm miró a los dos con gesto desdeñoso.

—Podéis hacer lo que os dé la gana, me da igual.

—¿Eso es lo único que tienes que decir? —Sam se
preguntaba por qué había tenido miedo de aquel hombre. Y cómo podía haber pensado alguna vez que estaba enamorada de él—. Ah, por cierto —añadió cuando
se levantaba del sofá—. Para tu información, siempre
fuiste demasiado egoísta como para saber lo que me
gustaba en la cama.

Malcolm dio un amenazador paso hacia ella, con
el rostro rojo de ira.

—Debería...

De repente, un torbellino de pelo rojo apareció corriendo y los dejó sorprendidos a todos cuando empezó a darle patadas en la espinilla.

—¡No toques a mi mamá!

Malcolm, perplejo, sujetó a la niña por los hombros.

—Es papá, Daisy.

—¡Tú no eres mi papá! ¡Los papás son buenos y tú
eres malo! ¡Te odio! —gritó la niña, llorando mientras
seguía pateando su espinilla.

Sam se había quedado tan sorprendida que, durante unos segundos, fue incapaz de reaccionar. Pero al fin se levantó del sillón para correr hacia ella y tomarla en brazos.

–No pasa nada, cariño –le aseguró, secándole las lágrimas que le rodaban por el rostro–. No pasa nada, te lo prometo.

Daisy le echó los bracitos al cuello.

–¡Dile que se vaya, Xander! ¡Dile que se vaya! –murmuró, sollozando sobre el hombro de su madre.

Sam lo miró por encima de su cabeza y contuvo un gemido al ver que agarraba a Malcolm por la pechera de la camisa y lo empujaba fuera del estudio.

Dejando a Sam sola para calmar la angustia de su hija.

–Menudo día –Xander se había derrumbado en un sillón por la noche, con Samantha enfrente.

Si él estaba emocionalmente agotado por todo lo que había pasado aquel día, ella parecía como traumatizada.

–Daisy y yo tenemos que irnos –dijo de repente.

–¿Qué? –Xander se echó hacia delante, sorprendido.

Sam se aclaró la garganta. Estaba tan cansada que solo quería meterse en la cama, cerrar los ojos y quedarse allí durante el resto del fin de semana.

Pero eso no iba a pasar, por supuesto.

Una vez que consiguió calmar a Daisy, prometiéndole que nunca volvería a ver a ese hombre horrible, la niña dejó de llorar. Y la sugerencia de Xander de ir al cine la animó del todo.

Pero Sam había llorado en silencio mientras miraba

la pantalla. Sentir la mano de Xander apretando la suya en la oscuridad la había emocionado y se encontró apoyando la cabeza en su hombro mientras dejaba que las lágrimas rodasen por su rostro.

El resto del día había sido un borrón, algo para soportar más que disfrutar. Xander las había llevado a tomar una pizza después del cine y luego le había leído un cuento a Daisy mientras se quedaba dormida.

Aunque le había alarmado el disgusto de su hija, su principal preocupación en ese momento era Xander.

Sam se había dado cuenta de que no solo Daisy se había encariñado demasiado con Xander. También ella.

Y eso tenía que terminar.

Aunque no se le ocurriría pedirle que no volviese a ver a la niña si quería hacerlo, eso sería una crueldad intolerable porque Daisy lo adoraba.

Pero su propia dependencia tenía que terminar de inmediato.

—Creo que, después de todo lo que ha pasado, Daisy y yo tenemos que irnos. No puedo decirte lo agradecida que estoy por todo lo que has hecho por nosotras, pero...

—No quiero tu gratitud, Samantha.

—Pero la tienes de todos modos —insistió ella, mirando la alfombra para no tener que mirarlo a él, para no tener que reconocer cuánto lo amaba—. Tú estás casi recuperado del todo y estoy segura de que ya puedes manejarte solo. Malcolm está asustado y no volverá a molestarnos. Y, por supuesto, puedes volver a ver a Daisy cuando quieras.

—¡Qué generoso por tu parte!

Sam hizo una mueca.

—Por favor, no te enfades.

—¿Y qué quieres que haga? —Xander se pasó una

mano agitada por el pelo mientras se levantaba del sillón–. ¿Y lo que pasó anoche, Samantha? ¿Qué va a
pasar con nosotros?

Ella sacudió la cabeza.

–No hay un «nosotros». No puede haberlo.

–¿Por qué?

–Porque no. Lo de anoche fue... en fin, fue maravilloso –tuvo que reconocer Sam–. Pero no puede volver a pasar. Y quedarme aquí en estas circunstancias,
sería... tengo que irme, ¿no lo entiendes? –lo miró, implorante, rogándole en silencio que no se lo pusiera
más difícil.

Lo último que deseaba era marcharse. ¿Cómo iba
a desearlo si estaba enamorada de él?

Pero se habían conocido en las peores circunstancias. Xander había sido maravilloso, asombroso tanto
con Daisy como con ella, ayudándola a librarse de las
amenazas de Malcolm de una vez por todas. Pero no
pensaba aprovecharse de su generosa naturaleza dejando que se sintiera responsable por lo que había pasado en la cama la otra noche.

–Tengo que irme –repitió, levantándose con gesto
decidido–. Por favor, no me lo pongas más difícil –añadió con firmeza al ver que estaba a punto de protestar–.
Daisy y yo nos iremos por la mañana, pero te agrade-
cería que vieses a Daisy algún día porque te quiere mucho...

–Samantha...

–Te quiere mucho –repitió con voz ronca, sabiendo
que ella lo quería tanto o más que su hija. Como sabía que le estaba rompiendo el corazón tener que dejarlo.

Xander no se había sentido tan impotente en toda
su vida y, por la expresión de Samantha, hablaba en

serio. Estaba dejando claro que lo de la otra noche no significaba nada para ella, que de verdad pensaba irse al día siguiente.

Y no había nada que pudiese hacer o decir para evitarlo.

Capítulo 11

Un mes más tarde

–¿Cuándo vas a dejar de estar tan cabizbajo? ¿No es hora de ir a buscar a tu chica?

Xander no había oído entrar a su hermano. Estaba perdido en sus pensamientos, mirando hacia la ventana de su oficina en el edificio de Empresas Midas en Londres, y se volvió para fulminar a Darius con la mirada.

–Estoy demasiado ocupado como para soportar tu retorcido sentido del humor –le advirtió mientras se erguía en el sillón.

Darius se apartó de la puerta para acercarse al escritorio.

–Ya lo veo –se burló, mirando el escritorio limpio de papeles–. Quizá te gustaría saber que vengo del estudio de Miranda.

Xander se puso tenso de inmediato.

–¿Y por qué iba a interesarme eso?

Los ojos de color topacio de Darius brillaron burlones.

–Tal vez porque he visto a Sam allí.

Xander sintió una punzada de dolor en el pecho. No había hablado con Samantha en cuatro semanas y media. Desde el día que Howard apareció por sorpresa en el ático, cuando ella le dijo que se irían al día siguiente. Y eso había hecho.

Había intentado convencerla de que se quedara, por supuesto, pero Samantha se había mostrado obstinadamente decidida. Le había dado las gracias por su ayuda, asegurándole que ya estaba lo bastante recuperado como para cuidar de sí mismo. Ya no la necesitaba.

¿No la necesitaba?

Xander no estaba seguro de poder respirar desde que Samantha lo dejó aquel domingo por la noche. No había pasado un solo minuto en el que no pensara en ella, deseando verla, estar con ella de nuevo.

Y había estado en lo cierto al pensar que su ático tendría el calor de un tanatorio una vez que Samantha y Daisy se marchasen. Tanto que evitaba ir allí en lo posible.

Xander apretó los labios.

—Samantha ha dejado claro que no tiene interés por volver a verme.

Más que claro.

—¿Ah, sí? Pues me pregunta por ti cada vez que la veo en el estudio de Miranda —replicó su hermano.

Xander se levantó abruptamente para acercarse a los ventanales del techo al suelo.

—Solo lo hace por agradecimiento. Porque la ayudé a librarse de Howard para siempre.

Howard había mantenido su cita con el abogado para firmar el acuerdo y había ingresado el dinero en la cuenta de Samantha. Desde entonces, Daisy y ella vivían en un apartamento de dos dormitorios con vistas al parque. Samantha seguía trabajando a tiempo parcial en el estudio de Andy y, según su cuñada, su amistad era cada día más firme.

Darius se aclaró la garganta.

—Hoy la he visto y no tenía buen aspecto.

Él se volvió bruscamente para mirar a su hermano.

−¿Qué quieres decir? ¿Qué le pasa?

−¿Cómo voy a saberlo? −Darius se encogió de hombros.

Xander frunció el ceño.

−Tal vez porque tu mujer y Samantha son buenas amigas.

Darius lo miró con compasión.

−Miranda y yo tenemos mejores cosas que hacer que hablar de Sam cuando estamos solos.

−Eres exasperante −Xander se volvió de nuevo para tomar su chaqueta del respaldo del sillón.

−¿Dónde vas?

Xander fulminó a su hermano mellizo con la mirada.

−¡A la calle! −exclamó, ignorando la risa de Darius mientras abría la puerta para dirigirse, impaciente, hacia el ascensor.

No le sorprendió nada encontrar el coche y el chófer esperando abajo cuando salió del edificio. Darius podía ser exasperante, pero podía leerlo como un libro abierto.

−Prefiero conducir yo, Paul.

Incluso consiguió sonreír al chófer antes de sentarse frente al volante.

De repente, se sentía más animado que en las últimas cuatro semanas mientras conducía por las abarrotadas calles de Londres en dirección al estudio de ballet de Andy. Sabía que era porque iba a ver a Samantha otra vez. Porque iba a hablar con ella.

Que a Samantha le gustase verlo o no era otra cuestión.

−¿Me atrevo a esperar que por fin hayas venido a ver a Sam? −se burló su cuñada cuando entró en el estudio poco tiempo después.

Xander hizo una mueca.

—Darius y tú de verdad deberíais pensar en hacer un dúo cómico.

Andy soltó una carcajada.

—Sam está en la oficina. Si estás interesado, claro.

—Por supuesto que estoy interesado —le confirmó él, decidido.

—¡Buena suerte!

Xander no tenía la menor duda de que iba a necesitarla.

—¿Samantha?

Sam se quedó inmóvil al escuchar la voz ronca de Xander en su cabeza.

Una voz que había oído muchas veces, y exactamente con el mismo tono, en esas últimas semanas. Cuando estaba trabajando, o con Daisy en su nuevo apartamento, cuando se metía en la cama por las noches.

Y cada vez que la oía sentía una punzada de dolor en el pecho. La prueba del vacío que había dentro de ella; un vacío que solo Xander podría llenar. Pero nunca lo haría.

Se le llenaron los ojos de ardientes lágrimas que intentó contener. Deseaba dejar de amar a Xander, pero sabía que era imposible.

—¿Samantha?

Sam saltó de la silla, con el corazón latiendo como loco dentro de su pecho. Al sentir el roce de unos dedos en su mejilla se volvió, incrédula al encontrarse con Xander.

Tan elegante y sofisticado, el multimillonario empresario de éxito. Un hombre tan diferente al Xander en tejanos y camiseta que ella había conocido y aprendido a amar cuatro semanas antes. Aquel día llevaba un elegante traje de chaqueta con camisa blanca y corbata, el pelo bien peinado, más corto que un mes antes.

Pero eran los cambios en su rostro lo que hizo que frunciese el ceño. Tenía las mejillas más hundidas y profundas arruguitas alrededor de la boca y los ojos.

Tragó saliva convulsivamente, sin saber si de verdad estaba allí o era producto de su imaginación.

–¿Eres real?

Él esbozó una triste sonrisa.

–Desafortunadamente para ti, sí, soy real.

Samantha hizo una mueca.

–¿Desafortunadamente para mí?

Nunca en toda su vida se había alegrado tanto de ver a alguien.

Estar con él, poder mirar su cara, cómo se movía, cómo olía.

–La última noche dejaste claro que no tenías interés en volver a verme.

–¿Yo?

El último día en su apartamento se había convertido en un borrón, un sueño para Sam en las últimas semanas.

–Así es –respondió Xander, metiendo las manos en los bolsillos del pantalón–. ¿Estás bien, Samantha?

Darius tenía razón. Estaba pálida y sus preciosos ojos de color amatista, oscurecidos y torturados.

–¿Howard ha vuelto a molestarte?

–No, en absoluto –se apresuró a asegurar ella–. Estoy segura de que no volveremos a saber nada de él. Y Daisy está feliz en el nuevo apartamento. Le encanta ir al parque después del colegio.

–Me alegro mucho, pero te he preguntado cómo estás tú –insistió Xander.

Sam apartó la mirada.

–Me encanta trabajar en el estudio con Andy y ya no tengo preocupaciones económicas...

–Eso no es lo que te he preguntado –la interrumpió él con tono cortante–. Perdona –se disculpó enseguida–. Es que... te echo tanto de menos, Samantha.

–¿De verdad?

Xander asintió con la cabeza.

–Mucho y... ¿quieres cenar conmigo esta noche?

Un nervio latía en su mentón mientras esperaba la respuesta.

Sam lo miraba, sin saber si había oído correctamente. ¿Por qué iba a invitarla a cenar?

–Estoy bien, de verdad –le aseguró–. Malcolm firmó el acuerdo y ha ingresado el dinero en mi cuenta. Soy feliz trabajando aquí y Daisy es feliz también...

–¡Eso ya lo has dicho! –Xander se pasó una mano por el pelo, nervioso–. Claro que me importa todo eso, Samantha, pero te estoy pidiendo que cenes conmigo esta noche, así podrás hablarme del nuevo apartamento, de cuánto le gusta a Daisy el parque y cómo le va en el colegio.

Ella sacudió la cabeza, sorprendida.

–No te entiendo.

–Ya lo veo. Estoy intentando pedirte una cita y tú no dejas de hablar de otras cosas. ¿Tienes idea de lo frustrante que es eso? ¿Sabes cuánto me duele que sigas repitiendo lo feliz que eres con tu nueva vida cuando la mía es un completo desastre?

–¿Lo es?

–No puedo comer, no puedo dormir. No puedo pensar.

Sam apenas podía respirar. Una llamita de esperanza empezaba a nacer en su pecho después de la insondable tristeza en la que había estado sumida durante esas semanas.

–¿Por qué no?

Xander dejó escapar un suspiro.

–¿Tú qué crees?

–No tengo ni idea.

–¡Porque estoy enamorado de ti, maldita sea! –exclamó Xander, con los ojos brillantes–. Estoy tan enamorado de ti que ya nada me importa. Ni mi familia, ni mi negocio, solo tú. No puedo pensar en otra cosa que no seas tú, en cuánto te echo de menos, cuánto deseo que Daisy y tú volváis a mi vida, cuánto te quiero.

–Pero me dejaste ir –le recordó ella casi sin voz.

–¡Porque tú dijiste que querías marcharte!

–Eso fue porque... –Sam tuvo que tomar aire, atónita al saber que Xander estaba enamorado de ella. ¿Xander la amaba?–. No quería irme, pero pensé... te habías portado tan bien conmigo salvándome de Malcolm, habías sido tan paciente con Daisy. No quería quedarme solo porque sintieras compasión por mí y quisieras protegerme. No podía soportarlo –se le quebró la voz–. Si no podías verme como a una igual...

–No te veo como a una igual, te veo como alguien mejor que yo. Mucho mejor de lo que yo nunca podría ser... y te adoro por ello –Xander empezó a pasear por la habitación–. Pero no quería que te quedases solo por gratitud. Solo porque te había ayudado a solucionar el problema con Howard.

–No, yo... bueno, por supuesto que te estoy agradecida, pero esa no es la razón por la que... hice el amor contigo la noche antes de esa horrible pelea con Malcolm.

–¿No lo es?

–Por supuesto que no.

Xander no podía dudar de su sinceridad.

–Entonces, ¿por qué? –le preguntó, impaciente–. ¿Tienes idea de cuánto te echo de menos? ¿Lo vacía que está mi casa sin ti? ¿Lo vacía que está mi cama? –respiró agitadamente–. Me estoy volviendo loco, Samantha. Así que, por favor, dime algo.

La llamita de esperanza empezaba a convertirse en un glorioso arcoíris dentro de ella y el peso de la infelicidad se evaporó como si nunca hubiera existido.

–Yo no quería marcharme, Xander. Pensé que te daba pena y no quería eso. Habías hecho tanto por mí... pensé que lo mínimo que podía hacer por ti era dejarte en paz.

–¿En paz? Estoy viviendo un infierno –insistió él.

Sam alargó una mano para tocarle tiernamente la cara.

–La razón por la que me marché es que me di cuenta de que estaba enamorada de ti y no quería que te sintieses presionado a... continuar la relación por pena.

–¿Qué?

–Estoy enamorada de ti, Xander. Tanto que me duele. Me has preguntado cómo estoy, bueno, pues estoy fatal. No puedo comer, no puedo dormir. Pienso en ti todo el tiempo. Te echo de menos todo el tiempo.

–¿De verdad hemos podido ser tan tontos? –Xander la miraba, maravillado.

Sam esbozó una trémula sonrisa.

–Desde luego, parece que sí.

La expresión de Xander se suavizó mientras la tomaba entre sus brazos.

–Te quiero –susurró sobre su pelo–. Te quiero tanto, Samantha. ¿Tienes idea de lo que eso significa para mí? ¿Cuánto valoro que creyeras en mí, que confiases en mí cuando ni yo mismo creía?

–Y mira la razón que tenía –dijo ella con voz ronca–. Siempre quieres proteger a los más débiles y eso es una bendición, Xander. Tú no te pareces nada a los hombres como tu padre o mi exmarido.

Xander la apretó con fuerza.

–Me he sentido tan vacío sin ti, Samantha.

–Yo también –Sam le devolvió el abrazo.

–¿Eso significa que vas a casarte conmigo?

Ella lo miró, atónita.

–¿Casarme contigo?

Xander tomó su cara entre las manos para mirarla a los ojos con todo el amor del que era capaz.

–No tenemos que casarnos inmediatamente si es demasiado pronto para ti. Solo dime que algún día serás mi mujer –le temblaban las manos–. Te quiero tanto, querida Samantha, que no puedo soportar la idea de estar sin ti ahora que sé que tú también me quieres.

Era más, mucho más de lo que hubiera podido esperar o soñar que podría ocurrir en su vida.

Xander la amaba.

Como ella lo amaba a él.

Y no podía imaginarse su vida sin estar juntos para siempre.

–Sí, me casaré contigo, Xander –respondió, exultante.

–¿De verdad? –murmuró él, inseguro.

–Sí.

–¿Cuándo?

–¿La semana que viene? ¿Mañana? –Samantha se rio al ver su expresión angustiada.

Xander sonrió por fin.

–Quiero organizar una gran boda, por la iglesia, rodeados de todos nuestros amigos y familiares. Daisy podría ser tu dama de honor.

Sam sabía que no era casual que estuviera descri-
biendo una ceremonia que era exactamente lo contrario a la boda apresurada con Malcolm en el Registro
Civil seis años antes. O que Daisy fuese parte de la ceremonia.

Estaba diciéndole tácitamente que su matrimonio,
su amor por ella y por Daisy, no se parecería nada al
primero.

Como si ella pudiera pensar otra cosa.

No lo había creído posible, pero amaba a Xander
más que nunca en ese momento y sabía que siempre
sería así.

—Suena perfecto —le dijo, con una sonrisa de oreja
a oreja.

—Tú eres perfecta —le aseguró él—. Prometo que se-
remos felices juntos, Samantha. Podemos comprar
una casa con jardín para Daisy y...

—¿Y tener más hijos? —se aventuró a decir ella—.
Siempre he querido una familia grande —le explicó
luego, con cierta timidez.

—Entonces, tendremos una casa llena de niños —le
prometió Xander—. Mientras tú me quieras, seré feliz.

Era todo lo que Sam había soñado en su vida... y
más.

Epílogo

QUÉ estamos mirando, papá? –preguntó Daisy en voz baja.

–No estoy muy seguro –respondió Xander.

Daisy estaba sentada sobre sus rodillas, los dos miraban el monitor situado ante ellos mientras con la mano libre Xander apretaba la de Samantha, que estaba tumbada en la camilla.

–A mí no me parece un bebé, papá –siguió diciendo Daisy con tono incierto mientras miraba la imagen del útero de Samantha en el monitor.

Xander empezó a asustarse. Tampoco a él le parecía un bebé. Sí, podía escuchar los latidos de un corazón, pero sonaban demasiado rápidos y no distinguía las piernas...

–Porque son dos bebés, cariño –murmuró Samantha con tono indulgente.

–¿Qué?

–Dos bebés –dijo ella, emocionada.

–Dos –repitió Xander casi sin voz, pensando que esa debía de ser la razón por la que los latidos sonaban tan rápidos. Eran dos latidos, no uno.

–Parece que vamos a tener mellizos –susurró Samantha con tono cariñoso.

Él tuvo que tragar saliva, se le había quedado la boca seca de repente.

–No puedo. Yo... no puede ser...

–Pues claro que puede ser. Tú tienes un hermano mellizo –le recordó Sam.

–Mellizos –Xander dejó a Daisy en el suelo para abrazar a su mujer–. ¡Vamos a tener mellizos! –gritó, con lágrimas de felicidad en los ojos.

–Así es –Samantha se rio mientras le devolvía el abrazo.

Él dejó escapar un gemido.

–¿Te das cuenta de que Darius no va a dejar de tomarme el pelo? –le explicó cuando Samantha lo miró, interrogante.

–No lo hará.

–Pues claro que sí –insistió Xander.

–No, no lo hará –Samantha se rio, con el corazón lleno de amor por el hombre que era su marido desde hacía un año–. ¡Andy me contó ayer que ellos también esperan mellizos!

–¡Vaya! Mi madre y Charles estarán encantados al saber que van a tener más nietos.

Sam no podría haber pedido unos suegros más agradables que Catherine y Charles, que adoraban a Daisy, a quien ya consideraban su primera nieta. Y no tenía la menor duda de que habría sitio en esos amables corazones para una docena más.

–Espera –Xander se puso tenso de repente–. ¿Cómo voy a soportarlo si son dos niñas y tengo tres pequeñas Samanthas haciendo lo que quieren conmigo?

Miró entonces a Daisy, a quien adoraba y que lo adoraba a él.

–Míralo por el lado bueno, cariño –bromeó Sam–. Podrían ser dos pequeños Xanders que hagan lo que quieran conmigo.

–¿Les gustaría saber el sexo de los bebés? –preguntó el técnico después de aclararse la garganta.

Sam miró a Xander y Xander miró a Sam, y los dos negaron con la cabeza al mismo tiempo.

Fueran niños o niñas, adorarían a todos sus hijos.

Tanto como se adoraban el uno al otro.

Bianca

Estaba cautiva a merced de sus deseos

La grandiosa mansión Pen-
varnon House fue donde
Rhianna Carlow, la despre-
ciada sobrina del ama de
llaves, pasó su adolescen-
cia. Pero ahora no es la única persona que regresa
como invitada para una boda, también lo hace Alonso
Penvarnon, tan arrogante y
cruel como siempre.

Él solo tiene una misión:
mantener lejos de la man-
sión a Rhianna. Por lo tanto,
Alonso, descendiente de un
pirata español, la rapta… y
ella se encuentra cautiva en
un lujoso yate a merced de
sus deseos…

CRUEL DESPERTAR
SARA CRAVEN

Acepte 2 de nuestras mejores novelas de amor GRATIS

¡Y reciba un regalo sorpresa!

Oferta especial de tiempo limitado

Rellene el cupón y envíelo a

Harlequin Reader Service®
3010 Walden Ave.
P.O. Box 1867
Buffalo, N.Y. 14240-1867

¡Si! Por favor, envíenme 2 novelas de amor de Harlequin (1 Bianca® y 1 Deseo®) gratis, más el regalo sorpresa. Luego remítanme 4 novelas nuevas todos los meses, las cuales recibiré mucho antes de que aparezcan en librerías, y factúrenme al bajo precio de $3,24 cada una, más $0,25 por envío e impuesto de ventas, si corresponde*. Este es el precio total, y es un ahorro de casi el 20% sobre el precio de portada. !Una oferta excelente! Entiendo que el hecho de aceptar estos libros y el regalo no me obliga en forma alguna a la compra de libros adicionales. Y también que puedo devolver cualquier envío y cancelar en cualquier momento. Aún si decido no comprar ningún otro libro de Harlequin, los 2 libros gratis y el regalo sorpresa son míos para siempre.

416 LBN DU7N

Nombre y apellido	(Por favor, letra de molde)

Dirección	Apartamento No.

Ciudad	Estado	Zona postal

Esta oferta se limita a un pedido por hogar y no está disponible para los subscriptores actuales de Deseo® y Bianca®.
*Los términos y precios quedan sujetos a cambios sin aviso previo.
Impuestos de ventas aplican en N.Y.

SPN-03   ©2003 Harlequin Enterprises Limited

Deseo

ILUSIÓN ROTA

BARBARA DUNLOP

En la encarnizada lucha de poder por el testamento de su padre, Angelica Lassiter había salido finalmente victoriosa y de nuevo estaba al mando de la empresa familiar. Pero el enfrentamiento había destrozado la relación con su novio. Sin embargo, iban a tener que fingir que seguían siendo una pareja enamorada para que sus mejores amigos tuvieran la boda de sus sueños.

Evan McCain aceptó encantado su papel en la fingida reconciliación, pues la pasión ardía aún entre ellos.

¿Podrían darse una segunda oportunidad como pareja?

¡YA EN TU PUNTO DE VENTA!